彰化學 042

番薯園的日頭光

康原◎著

晨星出版

【叢書序】

追逐一個文化夢想
——十年經營彰化學

林明德

　　一九八○年代，後殖民思潮蔚爲趨勢，台灣社會受到波及，主體意識逐漸浮起，社區營造成爲新觀念。於是各縣市鄉鎮紛紛發聲，編纂史志，以重建歷史、恢復土地記憶，有志之士更是積極投入研究，而金門學、宜蘭學、苗栗學、……相繼推出，一時成爲顯學。

　　這些學術現象的醞釀與形成，我曾經直接或間接參與其事，對當中的來龍去脈自有某種程度的了解，也引起相當深刻的反思。基本上，對各族群與地方的文化（包括人文、社會、自然等科學）進行有系統的挖掘、整合，並以學術觀點加以研究，以累積文化資產，恢復土地記憶，使之成爲一門學問，如此才有資格登上學術殿堂，取得「學門」之身分證。

　　一九九六年，我從服務二十五年的私立輔仁大學退休，獲聘國立彰化師大國文系，此一逆向的職業生涯，引發我對學術事業的重新思考，在教學、研究之餘，雖然繼續民俗藝術的田野調查，卻開始規劃幾項長遠的文化工程。一九九九年，個人接受彰化縣文化局的委託，進行爲期一年的飲食文化調查研究，帶領四位研究生進出二十六個鄉鎮市，訪問二百三十多個飲食點與十多位總舖師，最後繳交三十五萬字的成果。當時，我曾說：「往昔，有一府二鹿三艋舺的符

碼；今天，飲食文化見證半線的風華。」長期以來，透過訪查、研究，我逐漸發見彰化文化底蘊的豐美。

彰化一帶，舊稱半線，是來自平埔族「半線社」之名。清雍正元年（1723），正式立縣；四年（1726），創建孔廟，先賢以「設學立教，以彰雅化」期許，並命名爲「彰化縣」。在地理上，彰化位於台灣中部，除東部邊緣少許山巒外，大部分爲平原，濁水溪流過，土地肥沃，農業發達，稻米飄香，夙有「台灣第一穀倉」之美譽。三百多年來，彰化族群多元，人文薈萃，並且積累許多有形、無形的文化資產，其風華之多采多姿，令人目不暇給。二十五座古蹟群，詮釋古老的營造智慧，各式各樣民居，特別是鹿港聚落，展現先民的生活美學；戲曲彰化，多音交響，南管、北管、高甲戲、歌仔戲與布袋戲，傳唱斯土斯民的心聲與夢想；繁複的民間工藝，精緻的傳統家具，在在流露生活的餘裕與巧思；而人傑地靈，文風鼎盛，舊新文學引領風騷，而且成果斐然；至於潛藏民間的文學，活潑多樣，儼然是活化石，訴說彰化人的故事。

這些元素是彰化文化底蘊的原姿，它們內聚成爲一顆堅實、燦爛的人文鑽石。三十年，我親近彰化，探勘寶藏，證明其人文內涵的豐饒多元，在因緣具足下，正式推出「啓動彰化學」的構想，在地文學家康原，不僅認同還帶著我去拜會地方人士、企業家。透過計畫的說明、遊說，終於獲得一些仕紳的贊同與支持，爲這項文化工程奠定扎實的基礎。我們先成立編委會，擬訂系列子題，例如：宗教、歷史、地理、社會、民俗、民間文學、古典文學、現代文學、傳統建築、傳統表演藝術、傳統手工藝與飲食文化，同步展開敦請學者專家分門別類選題撰寫，其終極目標是挖掘彰化文化內

彰化學

涵，出版彰化學叢書，以累積半線人文資源。原先預計每年十二冊，五年六十冊（2007～2011），不過由於若干因素與我個人屆齡退休（2011），不得不延後，而修改為十年，目前已出版四十餘冊，預計兩年後完成。這裡列舉一些「發見」供大家分享：

（一）民間文學系列：《人間典範全興總裁》，由口述歷史與諺語梭織吳聰其先生從飼牛囝仔到大企業家的心路歷程，為人間典範塑像；《陳再得的台灣歌仔》守住歌仔先珍貴的地方傳說，平添民間文學史頁；《台灣童謠園丁——施福珍囝仔歌研究》，揭開囝仔歌的奧祕，讓兒童透過囝仔歌認識鄉土、學習諺語、陶冶性情。而鹿港民間文學的活化石——黃金隆的口述歷史，是我們還在進行中的計畫。

（二）古典文學系列：《臺灣古典詩家洪棄生》、《陳肇興及其陶村詩稿》、《台灣末代傳統文人——施文炳詩文集》三書充分說明彰化的文風傳統，與古典文學的精采。加上賴和的漢詩研究……，將可使這一系列更為充實。

（三）現代文學系列：《王白淵‧荊棘之道》、翁鬧《有港口的街市》、《錦連的年代——錦連新詩研究》、《生命之詩——林亨泰中日文詩集》、《給小數點台灣——曹開數學詩》、《親近彰化文學作家》……，涵蓋先行、中生與新生三代，自大清、日治迄今，菁英輩出，小說、新詩、散文傑作，琳瑯滿目，證明了在人文彰化沃土上果實纍纍。值得一提的是，翁鬧長篇小說的出土為台灣文學史補上一頁；而曹開數學詩綻放於白色煉獄，與跨越兩代語言的詩人林亨泰，處處反映礦溪一脈相傳的抗議精神。

（四）《南管音樂》、《北管音樂》、《彰化縣曲館與武館Ⅰ～Ⅴ》、《彰化書院與科舉》、《維繫傳統文化命脈

——員林興賢書院與吟社》、《鹿港丁家大宅》與《鹿港意樓——慶昌行家族史研究》，前三種解析戲曲彰化這一符碼，尤其是林美容教授開出區域專題普查研究，爲彰化留下珍貴的文獻資料。書院爲一地文風所繫，關係彰化文化命脈，古樸建築依然飄溢書香；而丁家大宅、意樓則是鹿港風華的見證，也是先民營造智慧的展示。即將出版的賴志彰傳統民居、李乾朗傳統建築、陳仕賢的寺廟與李奕興的彩繪，必能全面的呈現老彰化的容顏。

這套叢書的誕生，從無到有，歷經十年，眞是不尋常，也不可思議，它是一項艱辛又浩大的文化工程，也是地方學的範例，更是台灣學嶄新的里程碑。非常感謝彰化師大與台文所的協助，全興、頂新、帝寶等文教基金會的支持；專業出版社晨星，在編輯、美編上，爲叢書塑造風格；書法名家也是彰化人杜忠誥教授，親自以篆書題寫「彰化學」，爲叢書增添不少光彩，在此一併感謝。

叢書的面世，正是夢想兌現的時刻，謹以這套書獻給彰化鄉親，以及我們愛戀的台灣，這是我與康原的共同心願。

·林明德（1946～），台灣高雄縣人。國立政治大學中文博士。曾任國立彰化師範大學國文學系教授兼副校長。投入民俗藝術研究三十年，致力挖掘族群人文，整合民俗藝術，強調民俗是一切藝術的土壤。著有《台澎金馬地區區聯調查研究》（1994）、《文學典範的反思》（1996）、《彰化縣飲食文化》2002）、《阮註定是搬戲的命》（2003）、《台中飲食風華》（2006）、《斟酌雅俗》（2009）、《俗之美》（2010）、《戲海女神龍》（2011）、《小西園偶戲藝術》（2012）、《粧佛藝師——施至輝生命史及其作品圖錄》（2012）。

【推薦序】

台語文學的根、莖、花

宋澤萊

最近，康原把他所寫的台語詩作加以收集，輯成《番薯園的日頭光》一書，準備付梓。從內容看來，許多的詩非常可觀，因為書寫的內容包括了賴和、林亨泰這些詩哲以及他的朋友杜正勝、陳恆嘉、許蒼澤、林明德這些當代人物的若干故事。當中，以賴和這部分的書寫份量最大也最重要，幾乎能夠構成賴和的一部小傳記。裡面有一些賴和的重要事蹟，應該是一般的人所未曾知悉的，因此，使得他的這本書變得有價值起來。

比如說我們都知道楊逵和賴和生前應該是有緊密往來的，但是詳情我們未必然就知道，在書寫到這些故事時，作者特別就「楊逵」這個筆名的來源和楊逵罹患肺炎就醫的事情來進行闡述，詩行如是寫著：

　　楊逵　這個筆名是和先予伊
　　後來　楊逵追隨著和仔先
　　行入　文學佮社會運動的路途
　　有一段時間　楊逵佮葉陶
　　租厝佇市仔尾的　巷仔底
　　一間舊舊的草厝

接受和仔先的照顧
楊逵　定定去和仔先診所
看報紙　泡茶　論時政
看雜誌　講政治　寫歌詩
楊逵身體　若無爽快
和仔先的聽診器著伸過去

為楊逵看病　食藥閣免錢
真是一位無計較錢的
好先生　人道主義的名醫
楊逵　在生時念念不忘伊
想起和仔先　目屎流目屎滴

　　康原如此詳細地寫出了賴和和楊逵之間的情義，無非是
說「楊逵」這個筆名是賴和取的；楊逵的肺病是賴和替他診治
的，不禁使人動容。

　　又比如說，我們都知道，一九一八年賴和有一趟廈門之
行，那時賴和只有廿五歲。二月，他自基隆出發，渡海前往廈
門鼓浪嶼剛成立的「博愛醫院」就職，同行的有各科的部長、
藥局長、醫師等等許多人。不過，我們可能不知道賴和此行的
任務是什麼。康原的詩就如此寫著：

阮想了解一九一八年到
一九一九年　短短期間
賴和佇鼓浪嶼服務的博愛醫院
彼的年代賴和做博愛醫院醫官
台灣人的醫官閣掛日華親善責任

　　康原的詩明明白白寫著，賴和此行是有任務的，無非是替日本官方做親善工作。這麼寫就讓我們吃了一驚，覺得日本人眞會利用台灣人，即使是賴和都遭到了利用。

　　像這些賴和的往事，增加了我們對於台灣文學史的認識，帶來我們知識上的益處。

　　除此之外，有些賴和的事蹟，在康原的筆下顯得十分有趣生動。比如說，可能很少人知道賴和的墳墓還留到今天，我們也不知道賴和的墳墓在哪裡。康原在他的詩裡爲我們揭開祕密，他這麼寫：

　　一陣媒體的先生　彰化走揣
　　想了解和仔先　風聲中的代誌
　　去八卦臺地的劉厝墓　參拜
　　懶雲賴和公之墓
　　毋驚風雨的和仔先
　　護佑　咱的番薯園
　　長長的菅芒花　遮著
　　台灣人掛佇和仔先
　　墓碑頂的目屎

　　無絲芬芳的阮　點一支
　　長壽薰　插佇墓碑前
　　目睭看著牌頂八字鬚的相片
　　雙手合十　鞠躬
　　墓誌　憂勞過劇
　　痛於昭和十八年一月三十一日
　　山頭的風冷吱吱

天頂的雨潘潘滴
阮的目屎嘛撥袂離

　　康原的詩明白地寫著：賴和的墳墓位在八卦山的「劉厝墓」，墳墓有長長的菅芒，墓碑上有賴和的八字鬍的相片。有趣的是，作者去朝拜時沒有攜帶線香，也許考慮到生前的賴和有抽菸的習慣，就點一支菸插在墓碑前來祭拜他。像這種事，不禁讓人會心一笑。

　　無數的賴和的小故事，就寫在這本詩集裡，教人感到驚奇。

　　除了書寫賴和之外，不論是對故友陳恆嘉和許蒼澤的書寫，都帶著很深的感情，讀來令人感動。

　　這些書寫人物的詩作，傾向於報導，具有常民性，詩的風格口語化、散文化，有濃重的歌謠性和音樂性。構成康原在這本台語詩集的一個了不起的側面。

　　除了這些人物的報導之外，康原也寫了許多生活所見所感的詩，這些詩的技巧就比較精深，具有現代詩的質素。當中，以幾首社會諷刺詩最為傑出。比如說〈廟寺〉這首詩就寫得很驃悍，諷刺的手法高超。這首詩諷刺了台灣中部的一座商業化的佛寺，不禁教人好笑起來。康原如是寫著：

阮是　中台灣
上蓋大間閣豪華的廟寺
惟　花花世界中
覺醒　適合日時養
心

　　汝是　台中市
　　上蓋媌的金錢廳
　　豹　虎　狼　彪　貓
　　暗時　陪五色人修
　　性

　　只要讀者慢慢朗誦一遍，就不難發現這是指哪一座寺廟，當我們知道了這座寺廟時，不笑起來是不可能的。康原運用了現代詩隱喻、諷喻、斷句、排列、蒙太奇、壓縮、提煉……的種種技法，用一些短短的詩句，將這座寺廟的荒唐滑稽神靈活現地表達出來。眞是恰到好處，字字切中要害，其現代詩的技法不可小視。

　　這種廢棄韻腳，收斂歌謠性，非散文化，反口語化，注重意象、歧義、反諷的現代詩表現法，又是這本詩集的另一個了不起的側面。

　　康原的這本詩集事實上已經替母語文學打下了一支大樁。

　　提到母語文學，自一九八〇年代中期以來，在部分的台灣文學家推動台語文字化的工作下，許多人開始創作大量的母語文學。直到今天，假如把福佬語、客家語、原住民語創作的文學作品加起來，其數量可說非常龐大，比日本時代的台灣白話文學作品的總量恐怕要更多，而不會更少。換句話說，今天台灣的母語文學已經變成台灣文學的一個極強勁的支派，任何台灣文學的研究者已經很難對母語文學再裝聾作啞了。

　　在母語文學中，以福佬語的文學特別發達，由於作家和作品都很大量，占了母語文學總量的百分之九十以上，因此，也被稱爲「台語文學」，特別值得注意。

　　自一九八〇年代中期後，台語文學的創作並非呈現單一

路線的發展。有一條路線，是屬於平實文學這方面的；他們不求孤高，採用了口語化的敘述法，用台語記錄台灣的過去、現在、未來，竭力反映台灣人的生活、民俗。他們行走在報導和記錄的這條路上，作家人數很多，作品數量很大。這些人當中，有許多是書寫日常生活的散文家，有些是兒童文學家，有些是台灣七字仔的蒐集者，可算是台語文學的根和莖。另外有一條路線是屬於現代文學（或後現代文學）這方面的；也就是說他們創作的藝術手法師承了前衛派的風格，具備了西方現代文學的手法，以至於我們能發現在當前的台語文學中有「象徵派」、「意識流」、「存在主義」、「魔幻寫實」……這些不同的流派。這些作品比較強調文學的技巧，在美學方面有比較高的自我要求，比較具有可炫性，可算是台語文學的花朵。

無疑的，康原的台語文學較多屬於根、莖這個部分，這是因為他在台語的歌謠和童詩上奮鬥很久，留下了諸如《逗陣來唱囡仔歌》、《台灣囡仔的歌》這些非常基本的台語文學根基的書籍，其成就早就受人肯定。由於長久在歌謠和童詩上寫作的緣故，口語化和音樂性就成為康原台語文學極為鮮明的文學技巧；琅琅上口，以及流利易讀就成為他的台語文學的特色了。不過，康原的純粹的現代詩也很值得我們注意，通常這些詩都是諷喻的，為社會的弱勢者發出了抗議的聲音，技巧高，是屬於台語文學的花朵部分的。

康原正是那種涵蓋了台語文學根、莖、花的作家。

我們還是必須回到這本書的賴和書寫來談。我在上面已經提到，這本詩集裡的賴和書寫足夠構成一部小傳記。儘管如今學界有不少賴和的生平研究，卻只有康原的這部賴和小傳是用詩寫成的，字裡行間有著濃厚的音樂性，讀來頗為爽快；最重要的還是使用台語來書寫，用台語來談賴和與用北京話來談賴

和是十分不同的，台語使得我人更能接近賴和的內在深處，書寫起來更加傳神，因為賴和的日常語言就是台語。這些價值有待讀者詳加體會。

　　如今康原就要出版這本詩集，我不禁要讚嘆他，恭喜他！

・宋澤萊，知名作家，獲第十七屆國家文藝獎，重要作品《打牛湳村系列》。近作《天上卷軸》等，台灣文學論述多種。

　　　　　　　　　　——二〇一三、〇五、二〇於鹿港寓所

【推薦序】
康原・康老師・康貝特

林沈默

　　二○○○年秋，一個驚奇的九月天。

　　我應彰化埔鹽社區文史協會之邀，不期然地，闖進了自己「地方唸謠」所歌詠的「綠鄉村／小豐滿」自給自足的世界。眼前，極目四望，這個「中台灣菜園」處處平疇綠野，綠油油的田畦，種滿高麗菜、花椰菜、韭菜、包心菜、糯米等菜蔬、稻禾，賞心悅目至極。

　　正午時分，在評審桌上，很榮幸地與地方文史界的動力火車頭——康原老師相遇。我與康老師平常有電話聯繫，卻從未謀面、互動過，但從那天過後，我對康老師的印象完全改觀了，原因是感受到了一場突如其來的「震撼教育」。

　　當天，評審過後，主辦單位來了一段唸謠教唱的節目，擔任評審的康老師，竟然跳上舞台，搖身客串救國團的「戴老師」。他聲若洪鐘，以自編自唱的歌謠，闡釋社區、文化、物產、歷史、人物等元素，進行歌詩帶動唱，點燃在地鄉親的文化參與感。剎時，現場氣氛被他的熱情引爆，HIGH到最高點。社區的阿公阿婆、嬸嬸媳婦，被他的熱情感染了，忘情地打拍子、高聲唱和，就連七、八十歲，一向靦腆、孤僻的老大人，也被吸引了，跟著他手舞足蹈、扭腰擺臀，快樂、爽朗地唱出埔鹽社區的在地之歌。

　　文學來自草根生命力，只有依附著庶民百姓才能存在。這是我數十年來的創作信念。但是，當我看到康老師這樣拋開架子、賣命演出時，我才真正開了眼界，頓悟所謂「民間文學」的真諦。康老師的魅力，第一次讓我折服，他讓台語文學融入庶民，走向社區，讓人民頭家也能親近詩文。同時，他讓下午原本想要打個小盹的我，瞌睡蟲全嚇跑了，跟著他的節拍起舞。康老師，爆破沉悶的氛圍，真是個可怕的治瞌睡蟲專家哩！

　　經歷這一次，我偷偷喊他：康貝特。一個屬於亢奮、提神、解勞的綽號。

　　在台灣的社工領域裡，「會曉生、會曉飼」是一句負責任的至理名言，透過這個理念的實踐，它杜絕了不少未婚媽媽所衍生的街頭棄嬰或社會問題。同樣地，我也深深覺得，台語界的問題，不是優秀文本不足，而是文學或台語的行銷能力不足。

　　「會曉生、袂曉飼」，是當今文壇的的通病。作家往往將作品寫出來、印出來，就自鳴得意，以為功德圓滿、結束了，殊不知，這是不負責任的態度，只會製造更多的文學／作品孤兒。一個背離讀者、無法行銷的書冊／詩集（作品的集合），最後仍難免流落舊書攤，淪為「文學棄嬰」。因此，如何把一個好的文本，成功的行銷至讀者或閱聽人，是一門大學問。在這上頭，康原練就一身本事，他渾身都是熱細胞、超能量，彷彿天生就是個導覽員、推銷員一般。他把最生硬、最冷僻的文學（含詩歌、散文、小說或地方文史），進行為庶民量身打造，以平易的文本、唱作俱佳的方式讓文學完全燃燒，進行包裹式表決，一次行銷出去。因此，他不只是「會曉生（會生產）」，也是個「會曉飼（會養、會栽培）」的台語詩人，把

「台語文學嬰兒」教得好好、養得白白胖胖的。

　　台語文運動，顧名思義，在於將文學社會題材，進行創意書寫、出版行銷、教育推廣，有些台語詩人也許創作了不少成功的文本，但是，本位掛帥、儒臭味濃，敝帚自珍，無法聚合讀者，影響力永遠掛零，若以「運動」觀點檢驗，仍然不如「默默書寫、大聲叫賣」、永遠都在群眾堆尋找掌聲的庶民行動詩人──康原。

　　眼下，這本《番薯園的日頭光》詩集，其實也是「康式哲學」的一種總集合。康原是個文學行動家，創作文學、參與社會改造運動。他出身最基層的彰化海線漁村，懂得台灣庶民的文化語彙，他深諳化繁為簡之道，總是將經緯複雜、千絲萬縷的文學與理念反芻，抽絲剝繭，解構成庶民的文化語言之後，再進行「康式」的大膽行銷。文學，在康原的字典裡，應該是化成人民語言的一種形式，一種憤怒的、快樂的，或者擺脫拘泥的一種形式。譬如，本詩集書寫賴和一生的〈番薯園的日頭光〉，即是以台語、生活等「平民元素」錘鍊的長詩，在大敘述的結構中，隱藏著閃閃爍爍的小敘述，它透過康式的文學反芻、評論，變成了一首屬於庶民的國民的詩歌，與「走街仔先」一生懸壺濟世、文以載道的追求，為弱勢人民、弱勢文化、弱勢國家抾出頭的理想，不謀而合。其他，如寫楊逵的〈玫瑰花〉、寫詩人林亨泰的〈詩哲的面腔〉、寫教育部前部長杜正勝的〈汝騎海翁欲去佗〉、寫林明德教授的〈白沙湖邊的身影〉、寫詩人陳恆嘉的〈溪州羊肉爐〉、寫反中科搶農水的〈莿仔埤圳〉……等等篇章，都有精闢的生活拆解與理念簡化、陳述，這也是康式創作精神的一種巧妙實踐。

　　台語來自民間，必須在民間扎根、落地開花。今天，不管腐儒怎麼說、怎麼看？看在台語文推展運動百廢待舉、渾沌初

開的份上，我要鼓勵、肯定行動詩人康原，由於他個人的用心書寫、努力推廣，凡他走過的路，詩歌滿街巷，台語文學散葉開枝，繁花盛開。

如果，可以的話，我們也想請康老師分享一瓶「康貝特」吧！因為，台語文運動是個長期鬥爭之路，過程坎坎坷坷、艱難險阻，握著方向盤的同志們，誰都難保在哪個轉彎、驚險路段，或因風景單調、或因體力不支，呼呼睡著了。

・林沈默，為台語詩人，著有《天壽靜的春天》、《沈默之聲》等台語有聲詩集。

【自序】
逐家來寫台語詩

康原

　　出版台語詩《八卦山》以後，爲著保存母語文化，阮寫過二百外首ê[1]台語歌，出版《逗陣來唱囡仔歌——動物、節慶、童玩、植物》一套四本（隨書附CD），眞濟演講攏用詩歌來傳唱台灣，受著眞濟人ê肯定，阮更加認眞創作台語詩。

　　用詩寫史是阮ê文學觀點，這本《番薯園的日頭光》中，第一輯〈番薯園的日頭〉以詩爲台灣作家立傳，保留台灣作家ê生活故事；第二輯〈失蹤的月娘〉寫出台灣社會的各種現象，有淡薄仔批判ê意味；第三輯〈街頭巷尾的詩情〉以台灣小食入詩，用詩記錄台灣產業；第四輯是本詩集台羅ê拼音，最後附有曾金承教授作品分析〈進入柏拉圖理想國中的詩人〉。

　　有人講：「使用母語是一種基本人權。」閣講：「文化、語文kah[2]身分ê認同，有幫助信心ê建立。」這款ê論點用愛爾蘭這個國家來講：「愛爾蘭ê語言運動kah獨立建國，是結合文化認知追溯身分ê認同來協同建立基業……愛爾蘭人放sak[3]母語，改用英語，kan-nā[4]知影英國文學，對家己ê文學傳統

---

1. ê：的。
2. kah：合。
3. sak：捒。
4. kan-nā：干若（只有）。

mā-bô[5]半項，喪失母語是英國化上大ê危害，英國征服愛爾蘭，hōo英語強加佇愛爾蘭人ê身上，佇完全無保留ê英國化同時，已經失去hōo[6]世界認定是一个獨立國家ê資格。經過七百多外族ê統治，最後愛爾蘭佇一九二二年建國，愛爾蘭以母語、文化ê觀點建國傳作世界美談。全款波羅ê海三國家：立陶宛、愛沙尼亞、拉脫維亞，過去遭受著德、俄ê遭踏kah威脅，佇一九二一年獨立，前後對母語、民謠ê收集kah注重，攏發揮著語言文化是創國ê力量。」這款ê論點，強調語言認同是人民意識ê覺醒，也是一種國家認同ê基本要件。

語言毋是kan-nā人kah人中間溝通的工具，語言是一個族群ê生命符號，欲滅掉一個族群，先將伊ê語言滅掉，台語學者廖瑞銘寫著：「中國人講：『beh[7]亡人之國，先亡人之史。』我想愛閣加一句『beh亡人之史，先亡人之語言』」。這實在是一句眞重要ê話，大家愛詳細去思考。咱定定聽著一句諺語：「有唐山公，無唐山媽。」共咱講以前爲中國（唐山）來台灣ê大部分是查甫人，到台灣爲了傳宗接代kah遮ê平埔族查某結婚，所以，台灣人ê血統，有一寡人有平埔族ê血統，但平埔族ê語言消失，平埔族這個族群佇台灣也消失。閣爲歷史上日本人統治台灣實施ê「皇民化運動」來看，推行國語（日語），siōng[8]主要是希望台灣人hōo同化成做日本人，袂記家己ê祖先。客家人有一句話講：「寧賣祖先田，不忘祖先言。」可見母語比財產閣較重要。

照林茂生ê研究，日本人以「國語」（日語）做教育基礎ê問題：「以特別注意教導國語做爲整個教育的基礎，有三個理

---

5. mā-bô：嘛無。
6. hōo：予。
7. beh：欲。
8. siōng：上。

由。第一、日語要成為此島的官方語言；第二、日語是傳授教育給台灣人的媒介；第三、日語是同化的工具，也就是日本化台灣人民。」針對第三個問題，咱愛去注意，一個國家語言ê重要性。語言ê同化也是一種生活同化ê方法。但是若強迫接受異族ê語言，可能產生族群意識ê對立，造成難以彌補ê傷痕，一百外年來執政者ê語言政策，已經對台語造成了真濟ê傷害，佇台灣毋管是原住民、客家人、閩南人，母語ê流失是逐家攏知影ê問題。

做為一个台灣人，為著欲救母語ê流失，siōng好ê方法是用家己的母語創作文學，hōo母語佇文學作品中傳落去，hōo流失ê語詞閣活起來，延續咱語言ê生命力。在一九三〇年代，台灣ê先輩作家連溫卿、蔡培火、鄭坤五、賴和、黃石輝等前輩，就提倡用台灣話寫作，可見保存母語是每一個作家應該去承當ê義務，向望「逐家來寫台語詩」，揣回台灣人ê自尊心。

本詩集ê出版，感謝今年得著國家文藝獎ê作家宋澤萊，kah台語詩人林沈默為這本冊踏話頭，南華大學文學系曾金承老師，寫一篇真長ê作品分析，李桂媚小姐ê插圖，謝金色老師ê拼音，hōo這本冊增加真大ê光彩。感謝以外，希望你會合意這本冊，嘛期待逐家來寫台語詩，為台灣文學來拍拚！

【目錄】contents

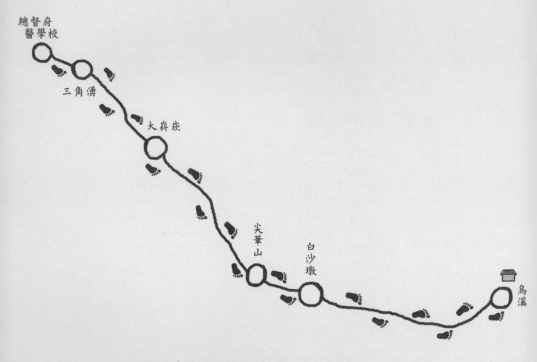

輯一
番薯園的日頭

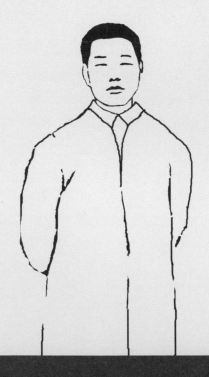

過去台灣的田園
種真濟甘蔗佮番薯
甘蔗予會社　清彩磅
台灣人敢真正戇？
抑是三跤狗　亂亂傱
番薯　攏是咧飼豬
無人情的豬狗精牲
佇　台灣百外年
台灣人　無家己的天年

1.番薯園的日頭光
──詩寫台灣新文學之父賴和

◎ 走揣和仔先

一九九五年　阮行入番薯園
做園丁　傳播和仔先的台灣情
伊做上帝　阮做伊的跤架
五十歲立志　講和仔先的代誌
講半線　歷史　文化　生活
設佇和園大樓無偌久的　紀念館
南北二路的先賢攏來拜見和仔先
了解先生　在生的代誌
烏雲崁去五十冬的日頭
漸漸　發出伊的光譜俗氣力
和仔先　成就台灣的價值
恁著台灣人　向前

一陣媒體的先生　彰化走揣
想了解和仔先　風聲中的代誌
去八卦臺地的劉厝墓　參拜

懶雲賴和公之墓
毋驚風雨的和仔先
護佑　咱的番薯園
長長的菅芒花　遮著
台灣人掛佇和仔先
墓牌頂的目屎

無絲芬芳的阮　點一支
長壽薰　插佇墓牌前
目睭看著牌頂八字鬚的像片
雙手合十　鞠躬
墓誌　憂勞過劇
痛於昭和十八年一月三十一日
山頭的風冷吱吱
天頂的雨滴滴滴
阮的目屎嘛撥袂離

◎ 虎山巖到市仔尾

獻地起虎山巖的賴和先祖
無留踮　花壇聽竹韻鼻花芳
搬到彰化市仔尾　阿公賴知弄樓
老爸　賴天送做司公飼某子
留著兩條長長頭鬃尾的
賴和　十歲入漢學先黃漢的冊房
人之初　性本善　性相近　習相遠
日本人　真罨俳　對台灣人　攏真歹
唸冊歌的日子　是無聊的記持
留落來　做漢人的意志

一九〇三年賴和毋情毋願予送入
彰化第一公學校　孔子廟
學習　大日本的語言做國語
伊講　阮毋做日本人為怎愛讀日本冊
鉸斷伊長長的頭毛佮台灣人的自尊
鉸袂斷　彼款受異族壓迫的怨恨
成就著　抗議不公不義的靈魂
一九〇九年日本首相伊藤博文
佇哈爾濱予朝鮮青年揿死　彼年
十六歲考入台灣總督府醫學校

佇醫學校為台灣的「復元會」
熟似　同窗翁俊明佮王兆培
復元會佇江山樓開會時
賴和講江山淪落啥人負責

認識仝學校的同學杜聰明
相招對台北步輦到彰化
試跤力　練氣力　學習跤踏實地
這擺的行程　伊悟出著
追隨難得是　聰明
了解人佮土地的關係
知影台灣人的生活
時間過了　一百年以後
有一陣少年仔　追隨著
前輩行過的路線　壯遊
走揣　和仔先佮杜前輩跤跡
行過　三鶯部落看原住民生活
看過　予破害的大埔農地
了解　塗　水　米的重要
行到　西海岸的大城看農工摃拼
閣到　溪州圳寮看護水抗爭

了解資本家共農民搶土地的代誌
一百年前賴和　佇日治之下
行過台灣的土地　學校學日語
伊無愛用殖民者語言　寫詩
但永遠記著　校長高木友枝的話
　欲做醫生以前，愛學做成了人
　無高尚的人格，袂當盡醫生責任
校長的話予和仔先　變成彰化媽祖
變成一生　為台灣民主自由的
前途　受苦　拖磨　坐監
一百年後　少年仔受和先仔的
影響　學著親近土地佮人民
揣出台灣的性命力
揣出和仔先的精神

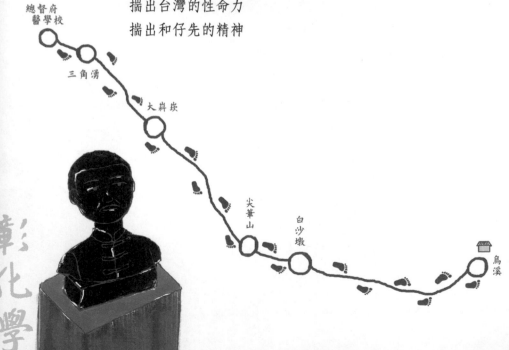

彰化學

◎ 廈門佮鼓浪嶼的旅遊

二〇一二年的六月底
阮佮彰化師大國文系的教授
參訪廈門大學的台灣研究院
朱雙一教授炁阮行踏
解說這間歷史真久的校園
台灣研究所所長張羽為逐家紹介
研究台灣問題的心得佮方向
伊講出為逐家服務
話中暗示著統一的願望
予阮想起賴和的一句詩
天與台灣原獨立
行出廈門大學後　阮閣行入
南普陀寺欣賞觀音的慈悲
鼻著　空氣中芬芳的芳味
看著　廟園中蓮花滿水池
有人　無閒咧抽籤詩
求神拜佛的人　滿滿是

過去佇彰化師大國文系

做客座教授的朱雙一

佮阮坐船度過鼓浪嶼

阮想了解一九一八年到

一九一九年　短短期間

賴和佇鼓浪嶼服務的博愛醫院

彼的年代賴和做博愛醫院醫官

台灣人的醫官閣掛日華親善責任

與誤解做　台灣戇狗的命運

心情鬱卒有浪子天涯的悲哀

中國五四新文化運動轟轟烈烈

內心的衝擊予伊離開鼓浪嶼

帶著矛盾的心情轉來台灣

主張　改變台灣的舊文學

創作　新的觀念佮形式

一九二三年寫出親像新文學的作品

僧寮閒話　談因因果果　非因

非果　亦因亦果　等等　是是

非非的問題

◎ 市仔尾的賴和醫館

賴和二十二歲　彼年佇彰化
佮西勢仔庄王草女士完婚了後
佇嘉義病院佮博愛醫院服務
感嘆　人病可療　國病難醫
一九二〇年　以後
攏佇市仔尾　開館行醫
順煞醫治台灣的不公不義
醫治台灣人的知識不良症
伊講　我生不幸為俘囚
勇士　當為義鬥爭
伊講　破病攏愛用藥醫
無錢　記數也可以

農民提米　番薯來拄帳
伊將番薯佮米請厝邊　鬥銷
醫生就是服務業　見死不救
是見笑　有出無入經濟擋袂牢
賣地　補貼醫館的開銷

有一年　二十九暗暝前
一日　車伕陳水龍
看著先生娘　面帶著憂愁
真是囡仔歡喜過年
大人煩惱無錢的時
車伕　自動出去收數
交予先生娘　辦年貨
和仔先　罵陳水龍年關去收數
叫人欲按怎過年
陳水龍講　夫人無菜錢
咱小可忍咧　年著過囉
和仔先　只是為別人設想
厝內年節的代誌免考慮
自彼年起　十二月底
家家戶戶　燒金紙
和仔先著　開始燒數簿
伊認為年關猶欠債的人

攏是　生活困苦歹命囝
人做醫生是想欲趁大錢
伊做醫生鬥相共　散赤人好過年

有一寡內山　行出來看病的
原住民　不但無收藥費
包規個月份的藥仔
閣提車錢　予伊坐車
外人講伊是　阿婆炊碗粿
伊講　救世救世　日子好過
每日　患者上百人　救世精神
數櫃　有出無入　錢空空
醫術高明　趁無錢嘛毋驚笑死人
和先定講　出世做人　來空空
死了做鬼　去嘛空空
生佮死　原來攏是兩茫茫

一九四三年元月三十一日
彼工　狹心症予伊袂喘氣
無法度　伊姑不二將
放棄　台灣話文的創作
放棄　民主自由的追求
放棄　抵抗日本人凌治

放棄　搶救菜農秦得參
放棄　解救奴隸的奴隸
放棄　佮日本警察抗爭
放棄　世間的紛紛擾擾

凝心　是重病無藥醫
積憤　是折磨無了時
伊凝　世間失去了公理
伊凝　人間失去了正義
伊凝　是非是顛顛倒倒
伊凝　國建共和怎不成

和仔先　出山彼一工
聽講謝雪紅穿白袍攑孝燈
逐家哭甲　頭犁犁
彰化家家戶戶沿路祭
四城門　五福戶通城普
袚輪佇咧迎媽祖
儉腸凹肚壓死四福戶
送葬的鄉親滿街路
五百外人　送和先上山
目屎　親像咧落西北雨
市仔尾到山坪的劉厝墓
短短的路途　行歸下晡

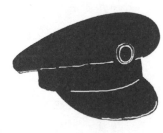

和仔先身後家庭困苦　欠人真濟債

看病　生理真好　收入按怎無

原來　趁錢贊助抗日運動

錢開佇　台灣文化活動

散赤人　看病無收費

真濟人感謝伊的慈悲

攏稱呼伊　彰化媽祖

去拜墓的人　滿滿是

墓草煮茶　可醫治病

講起　實在真怪奇

鄉親有人夢著和仔先去

高雄　做城隍爺　廡外方

亦有廟內的童乩　攑

和仔先的名字來

看病　趁錢　詐欺

這種世間事　真正無天理

◎ 太平犬佮亂世民

辜顯榮引日本人入關
主張　甘願做太平狗
毋願做　亂世民
予咱台灣民主國袂當成真
淪落太陽旗下的殖民
一九二五年賴和佮鄉親
組織　流連思索俱樂部
用詩為無志氣的人　洗面
放棄自由人權的主張
甘願應酬食肉走官場
飼狗　頷下掛銅牌
耀武揚威　毋驚予人知
做日本人奴才　跤踏馬屎傍官勢
耀武揚威　看人無目地
這年　台灣總督伊澤多喜男
用廉價的錢共農民開墾的土地
准退職的官員　買取　實施
退職官拂下無斷開墾地　條例
統治者　亂用自肥的法律
威脅著台灣可憐的農民

和仔先　寫著這款的詩句
　座上是威嚴的判官
　邊仔是和善的通譯
　台下是被疑的百姓
　悲愴！　戰慄！
這款的官員　這款的法院
這款的天年　無法嘛無天
予農民　牧羊無埔　耕田無土
予農民　流離失所　無園種作

仝這年　二林蔗農事件來發生
資本家佮日本人欺負咱農民
有力者　利用個的權勢
剝削　無力者的土地
叫個甘蔗原料價格愛犧牲
真是第一戇插甘蔗予會社磅
糖廠的磅秤　三個保正十八斤
賴和　寫著覺悟下的犧牲
寄予　二林事件的戰友
覺醒　性命著無憂愁
弱者的覺醒　毋願看別人的天

弱者的犧牲　換著性命的價值
有覺悟　才有家己的天
有覺醒　才有台灣人的年
日本人制定的　法律
專門　約束台灣百姓
制度　是無道理的約束
彼的年代　民間唱著
　刑事比虎較大隻
　喙若拍開若尿桶
　若有物件到宿舍
　啥物代誌攏無掠

一九三〇年　霧社的山區
原住民的同胞　水淹到嚨喉
提著個的番刀
扛著個的石頭
出草　刣著日本的人頭
日軍派飛機　擲炸彈
用毒氣佮瓦斯
毒氣　佇山區噴甲霧　霧霧
莫那·魯道　帶著個的族民
用性命寫出　南國的哀歌
喝出　兄弟啊！兄弟啊！

拚落去　管伊毒氣　機關銃
拚落去　管伊炸彈佮銃子
為著代代囝孫的生存
咱袂使閣　吞忍　冷淡
貪生驚死的人　無啥物價值
咱是勇敢的　賽德克巴萊
用咱的頭去換自由的身
用咱的血去換民主的魂
亂世的人民　愛有骨氣
貪生的人　換來長久的屈辱
二十一世紀以後
魏德聖　導演的電影
賽德克巴萊　賽德克巴萊
世界　各大洲人人攏知
台灣　發生霧社事件的年代
是台灣人佮日本人捙拚
歷史的是實是虛對遮來
台灣人的後代　汝敢知？

章化學

◎ 為著語言來戰爭

自古　人出世講老母的話
是天經地義的代誌
不幸　百年來台灣人
為著　語言來戰爭
統治者　用個的語言來殖民
日治時　國語就是日語
和仔先　伊毋願承認
伊用　漢語來相佮
一九三○年鄉土文學論戰
一九三一年台灣話文論戰
有人主張　頭戴台灣的天
跤踏台灣的地　生活中愛講
台灣話　嘛有人主張中國的白話
賴和是主張　台灣話文
用伊的手寫伊的喙

筆尾　舌尖　合一
和先寫出　一个同志的批信
寫出　富戶人的歷史　呆囝仔
寫出　新樂府
　　米粟糶無價　青菜也歹賣
　　飼豬了本錢　雞鴨少人買
　　趁食非快活　種作總艱計
　　官廳督促緊　納稅又借債

日治時代　五十年一過
台灣的國語換做北京話
對日語到華語
台灣人予語言舞甲半小死
語言　戰爭又閣起
小說家佮台語文教授
公開場所　互相來喝咻
台灣意識　按怎會當結規球
和仔先　你若有靈性
請你　緊來喝聲
台灣國　才是咱的正名
台灣歌　好名聲閣奢颺

台語文　逐家愛甲疼命命
台語詩　逐家愛拍拚寫
和仔先　阮逐家綴你行
為著番薯園　好名聲

講著台語詩　想起和仔先的
相思歌　佮　相思
情詩　充滿著深深台灣味
為著路見不平起性地
拍破　歌仔調的七字詩
運用台語節奏　三　五　七字
寫出　農民謠的歌詩
為台灣人罵日本出氣
人人　稱呼伊
台灣新文學之父──
賴和先生

◎ 深更夜靜的北門街

對古早的北門行透市仔尾
這條路的兩爿　有五個角頭
北門口　竹篾街　中街仔
祖廟仔　市仔尾　有一句
儉腸凹肚壓死四福戶
講出　迎媽祖拚奢颺的情形
每个角頭攏輸人毋輸陣
輸陣著歹看面
和仔先的　鬥鬧熱　小說
記錄著　人愛面皮的紛爭
囡仔事惹起大人代
實在是無意義的競爭

每一擺　迎媽祖
和仔先定定大聲講
這個時代救死都無時間
猶有閒浪費金錢
迎柴頭　行街路
神　若是有靈聖
早著將日本人趕轉去
這馬　猶踮台灣耀武揚威

迎媽祖的活動　過去
市街恢復平常時的生活
賴和醫館　已經關門
市仔尾　佇陣陣冷風中
深更夜靜　星嘛去睏
無閒規工的和仔先
真悿　入眠上夢矣
破病的患者　來敲門
個因賴燊講先的睏去囉
患者只好換別間病院
這件代誌　和仔先知影
真受氣　對賴燊講起
破病　無法度揀時間
三更半暝　醫生攏愛接受
自彼暗起　北門街賴和醫館
無分暝抑日　隨時看診醫病
和仔先　變成彰化媽祖
暝連日　照顧著彰化城的人

◎ 文學帶動彰化

彰化市　每年五月二十八日
市長邱建富　發布做市定賴和日
為著紀念　你為台灣拍拚的過去
為著深入了解　你為台灣寫的詩
透過和仔先的詩　炁著市民去散步
行過　八卦山頂
感受　低氣壓的山頭
詩情　被壓迫心情冷　冷冷
行過　紅毛井佮不老泉
逐家　飲水閣思源
彼一年　你佮台灣的友志
水源地　唱出台灣民主的歌
彼一年　炁你的囝兒
去卦山溫泉　洗心肝
過去的代誌變成一件一件

故事　傳予咱的後代
阮用你的　文學作品
喚醒　台灣人的意志

行到市中心的　觀音亭
拍開　半線廟門的開化寺
阮會講林先生是散赤人
爭公理　對頭家志舍討慈悲
頭家　以錢來論情理
草地的散赤人　愛墓地
仝款愛用錢　若無屍體园路邊
林先生真受氣　佮頭家激氣
將頭路來辭　為散赤哀家寫告狀
到省城的衙門拍官司
拄著親像乞食的勢人
暗示伊寫告狀──

生人無路，死人無土，
牧羊無埔，耕牛無草。
最後　林先生討回公理
這就是　善訟的人的故事

和仔先寫故事　部分廟宇場景
後代讀小說了解日治時代的彰化
觀音亭，恰在市中心，
三穿進入兩廊去，
兩邊排滿了賣點心的擔頭，
鹹　甜　飽　巧
中庭是恰好的講古場
大殿頂又是相命先生的桌子
鄉董局亦設置這……

這款的小說比歷史較真實
阮讀你的小說　了解過去
阮讀你的詩　了解公理佮正義
阮讀你的詩　知影天文佮地理
阮用你的文學　帶動彰化
知過去　向前行　唸歌詩
負起　台灣人的責任佮道義
小說中有人情世故的先機
親像你的　浪漫外紀
將日警擲落溪仔邊

為台灣人鬥性命的鱸鰻
法律　警察园一邊
走揣台灣人的天年

你寫的彼篇　城
是咱地方的故事
發生佇東城門佮孔子廟邊
講造城門的趣味代誌
起城門　水窟引來彰化蠔
富戶人乞食相的故事
講造假山改地理風水的幼稚
講網仔穴阻礙彰化城的發展
講順煞拍彰化的典故
講山頭無主峰　無出頭人
予彰化人　放尿攪沙袂做堆
講聖廟　雷起大成殿
鬼哭明倫堂的　妖異
對毋信鬼神的　孔子
是一種感覺無知的怪奇
深入民心的迷信
是民主社會進步的阻礙
城　予後輩真濟啟示
故事中揣出無知的過去
你的文學　有高尚的意義

◎ 賴和先生佮作家楊逵

一九一九退出農民組織的
楊逵　認識著彰化的和仔先
展開的　台灣新文學的路
一九三四年和仔先指導
楊逵寫作　推薦到台灣新聞報
發表的　新聞配達夫　再次
刊登　東京的文學評論
第二名（第一名缺）楊逵
變成第一位跳上
日本文壇台灣作家
後來刊登佇　弱小民族小說選
和仔先　感動甲流目屎
和仔先　相當珍惜人才
和仔先　想著台灣民族的弱小
想著台灣的過去　目屎撥袂離
楊逵　這個筆名是和先予伊
後來　楊逵追隨著和仔先
行入　文學佮社會運動的路途
有一段時間　楊逵佮葉陶
租厝佇市仔尾的　巷仔底
一間舊舊的草厝

接受和仔先的照顧
楊逵　定定去和仔先診所
看報紙　泡茶　論時政
看雜誌　講政治　寫歌詩
楊逵身體　若無爽快
和仔先的聽診器著伸過去
為楊逵看病　食藥閣免錢
真是一位無計較錢的
好先生　人道主義的名醫
楊逵　在生時念念不忘伊
想起和仔先　目屎流目屎滴

◎ 警察署裡的日記

一九四一年　太平洋戰爭
第二擺的　入獄
無緣無故　和仔先予拘留
佇彰化警察署　寫著獄中日記
一工的日記　改寫三行詩

警察　在此等三　五日
入監房　坐地板想欲睏
頭一暝　昏昏沉沉到天光

第二日　藥局生國英送早頓
拜託　井上樣向頂司請求
準阮看冊　這工佇憂愁中度過

第四日　猶閣頭昏腦漲
被懷疑的代誌　洗清白
期待　早日回復自由身

第五日　期待被釋回
試穿襪仔　調整團服
希望無到位　失望來相隨

第六日　用望想安慰家己
想起　親人的笑聲
鑿入　憂愁佮鬱卒的心腸

第七日　百般無可奈何中
聽著　蔡雲鵬激骨話　發笑
被監視員懲罰　替伊請求

第八日　日影西斜轉念讀心經
監視員　暗時將房間上鎖
喙焦喉渴　溺尿多　雖怒強忍

第九日　想起三弟斷氣時
心傷悲　午後李金燦出獄
更加上我內心的　悲傷

第十日　藥局生水發來提衫
中晝　聽著幼稚園囡仔笑聲
數念小女彩芷　心憒憒

第十一日　昨暗猶原夜長夢濟
讀小兒科學　袂使改我內心悲傷
坐久　感覺腰酸背痛

第十二日　枕頭上發現臭蟲
要求由家內提來　陶淵明集
日人同化政策　先覺者無同意

第十三日　李萬讚出監
午後讀心經　放下醫療書籍
女兒不見我　以為我已死亡？

第十四日　讀心經　較歡喜
暝連日雨綿綿　悲傷無絕期
詩曰　最苦宵來夢　迷離總不成

第十五日　度日若年　深更難過
午飯　頭眩目暗　味覺不甘
監中丁韻仙　學生豈有不良思想？

第十六日　想到死去的三弟賢浦
後悔　醫療上的可能有過失
讀心經　妄想逍遙登極樂

第十七日　我無勞動無收入
債務　會將家庭壓破滅
詩曰　家將破滅身猶繫　愁苦坦心解脫難

第十八日　年內無出獄　親像是無期
穿對襟衫有台灣精神　受真濟刁難
無想著穿衫也會出問題

第十九日　夢見　遇著中慶先
遇著　詹阿川佮許炳雲
夢中　龍舌蘭開花　花語啥物暗示？

第二十日　為性命強吞維他命
想著　父母憂愁　某囝煩惱
苦楚　淒涼上心頭

第二十一日　手麻痺　大氣喘袂離
又想起三弟的死
懇求　高等主任　準阮看冊

第二十二日　心臟跳袂離　擔心
狹心症雄雄來　小使仔偷講
明仔載我會當出去　半信半疑

第二十三日　心頭有事睏袂去
小使仔的話　親像石頭
擲入湖底　起漣漪

第二十四日　昨昏猶原睏袂去
今仔日心情平靜　溫習舊冊
冊中的內容　攏袂記

第二十五日　歌聲滿城心不悟
高堂憂慮　囝兒的家計
暗暗流著　悲傷的目屎

第二十六日　連續劇的夢
日日夜夜　攏是夢
親像運命　戲弄人

第二十七日　暗暝真長驚失眠
雞公叫聲　乎阮目金金
一日　無讀冊人戇神

第二十八日　日軍佔領馬尼拉
期待釋放　閣失望
窗外明月　又閣罩烏雲

第二十九日　問我佮翁俊明的關係
問我　這社會有啥不平不滿
舌拍結　講袂出喙

第三十日　因為不滿無回答
所以　失態引來上司的不滿
曆內　閣提入奉公團的問題

第三十一日　斷去早釋放的念頭
不入地獄不成佛，入地獄乃鬼囚
地藏菩薩　何地施佛力？

第三十二日　我為怎樣遮無路用
講袂出一向的不滿佮不平
只有喝天袂應　叫地無靈

第三十三日　看人出獄心情
向陳煥章求救　嘛向右麟討救兵
洪玉麟入來毋知犯啥物罪？

第三十四日　丁女生佮潘樣衝突
固執的丁女毋願落軟
託公醫池田　幫我診斷心悸

第三十五日　窗外雨洗去希望
風淒　夜冷　憂愁　心難過
我入獄以後才信天

第三十六日　要求伲高等主任面談
不准　不准　不准　周樣代懇
中晝頓　家人加菜　增加阮悲哀

第三十七日　慶牛先　池田公醫
為我診病　狹心症　萬一
心臟麻痺　寫寡家事如遺言

第三十八日　時局雜誌未到
傷心　慶牛先為我　注射
滴落幾粒　男性的目屎

第三十九日　昨夜兩點　骨頭
麻痺　毋知會當看大時代完成
一日已經　注射兩回

和仔先寫踮衛生紙　筆記簿
拘留日記　見證日治時

台灣人失去自由的日子
了解和仔先獄中的心情
憂愁　無奈　傷悲

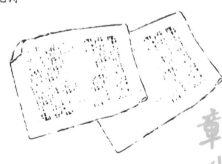

◎ 醫館外口樹跤講前進

鄉親　對阮講和仔先
醫館頭前有一叢樹仔
定定歇一寡　菜販擔頭
討論著　物質欠缺生活歹過
講著收成欠缺日子歹度
感嘆賣身做奴隸前途盡誤
和仔先　閬縫的時來插一跤
佮百姓佇天邊罵皇帝
講天　講地　講懸　講低
開講著了解民間痛苦
講生的恐怖　死的苦楚
講台灣人　該行的路
歕著　堅強的喇叭
鼓勵民眾爭自由的進行曲

一九二七年台灣文化協會
成做　左派的文化協會
　　　　右派的民眾黨
和仔先　擔心力量會分散
寫著　佇烏色暗暝
兄弟　前進的故事
予時代母親放揀的囡仔

家己無了解　來歷
前人困閣受後母苦毒
和仔先　用相勸的口氣
兩位　同胞出世的兄弟
應該和好　相扶　相持
袂使佇烏暗中　看無路
毋管雨水落偌粗
相照顧　行出家己的前途
伊講　烏暗的落雨暝
一切　若親像佇死滅內底
只有　風先生的慰問
只有　雨小姐的好意
合奏　為兄弟旅途寂寞樂曲
溪水　嘛來讚聲鬥陣行
雨水落袂煞　烏暗暝

和仔先　是烏暗暝中的
喇叭手　歕著前進的答滴
做咱　民眾的前鋒
用歌詩俗小說　提醒大眾
教咱　袂使閣迷信
教咱　注重環境的衛生

教咱　做人愛有自尊
走揣　台灣人的光明

為著欲傳達和仔先的
仁慈　公理佮正義
數唸　為台灣人奮鬥的過去
佇彰化市的入口做一個標誌
賴和　前進文學地標
五年以後　另外一个執政者
移走　文學彰化的標頭
囥佇八卦山頂的大佛後
書卷的造型來　變形
設計者陳教授心情攏袂清
為參觀的人客　說分明
雖然　移去八卦山頂
成做　文學的路　添一景
地標　變成大佛的分靈
大樹跤　阮攏詳細講這段情

◎ 番薯園的日頭光

過去台灣的田園
種真濟甘蔗佮番薯
甘蔗予會社　清彩磅
台灣人敢真正戇？
抑是三跤狗　亂亂從
番薯　攏是咧飼豬
無人情的豬狗精牲
佇　台灣百外年
台灣人　無家己的天年

日治時　和仔先是咱的日頭光
為台灣的散赤人拚三頓
毋驚山崩　地裂　惡勢力
日本人　毋準番薯園
見著　日頭光
番薯注定過著奴隸的日子？
短短的五十年日頭光
關入苦牢　台灣變甲烏趖趖
狗去豬來的日子
阮嘛閣繼續寫著苦情詩
毋知欲苦到當時
才會出頭天

2. 玫瑰花
——獻乎作家楊逵

彼蕊　石頭茗無死的
野玫瑰　開恬
大度山坪　真婚

有十二年的時間
浸佇　火燒島的海底
寫著　綠島家書

噍吧哖的銃聲伨血跡
彼場　恐怖的惡夢
開出　抵抗的玫瑰花

3. 詩哲的面腔
——詩寫《林亨泰詩集》

八十五歲的詩哲林亨泰
最近　出版一本詩集
帶著　一群台灣詩人
為著　土地子民喝聲

少年的時陣　做夢
開始寫詩　批判社會
加入　銀鈴會
寫出　二二八的
哲學家佮群眾
寫著　人的悲哀
「自我」　人性悲慘的開始
失去「自我」　予人牽著鼻仔行
寫著　掠龍的人
為著予食過飽的好額人　消彼粒大肚
為著予酒家的拍手　拍通鬱卒的血路
伊咧想　用手掠死所有的妖魔鬼怪
詩哲寫一篇　白色的詩章

送予詩人好友　淡星
回想著過去　兩位詩友的交往
想著　淡星佮魯迅相仝的面腔
建構　現代派理論的時
創造　風景中樹林佮波浪

防風林　外邊　還有
防風林　外邊　還有

然而　海以及波的羅列
然而　海以及波的羅列

無愛　追求流行的詩哲
講著　流行是悲慘的
綴人　流行是中級的天才

數想　性命中的春　夏　秋　冬
伊講　亞熱帶有肥肥的
日頭佮查某佮肥豬
詩哲的詩是　非情之歌
運用　烏含白去營造意象
運用　白含烏交替著情節
運用　烏筆尖去描寫世界
決定　無愛予烏白分袂清

攬著　美麗的福爾摩沙
伊講　現代佮鄉土並無衝突
伊寫生活　講人的虛偽佮假面
記錄車禍　交通事件的恐怖
韁靷　批評評論家的無主見
寫死豬鎮鈷的癩痟狗
運用　樓梯講彼隻狗
只想　一直賴佇遐
毋上也毋落
一皮天下無難事的　癩痟狗
老怪獸　繁殖著只屬於家己的一群

食老破病的時陣

伊寫　兩个阿公的故事

表現　因仔的可愛

老人的慈悲　無熟悉的兩個老人

共同　牽著一个囡仔

牽出　社會的和諧

詩集尾手寫出　故鄉的記持

田嬰　蝶仔　塗猴

粉鳥　水雞　水牛

厝鳥仔聲　蟬聲　風聲

人人稱伊　八卦山下的詩人

福爾摩沙的詩哲

註　1.《林亨泰詩集》（高雄：春暉出版社，2007年）。
　　2. 成大教授呂興昌說林亨泰的詩路歷程：「始於批判、走過現代、定位鄉土」。
　　3.《林亨泰詩集》分成：第一輯「銀鈴會時期」作品（1947〜1949）——始於批判；第二輯「現代派時期」作品（1955〜1959）——走過現代；第三輯「非情之歌時期」作品（1964）——走過現代；第四輯「笠詩社時期」作品（1972〜1994）——定位鄉土；第五輯「病中時期」作品（1994〜2006）。

彰化學

4. 汝騎海翁欲去佗
——送予杜正勝的詩

彼年　汝就任教育部長
阮看著　一位短頭毛的中年人
騎海翁　行入番薯園
風颱一擺一擺　吹過來
汝袂驚　有氣魄
沿路喝　台灣心
台灣魂

就任以來　汝的官路坎坎坷坷
主張唸歌冊　識台灣
講母語　重人權
阮愛讀　台灣三字經
用歌謠　傳唱台灣歷史佮文化
統派媒體　講汝愛挖鼻孔
講話筒　有細菌
敢是咧講　台灣話有毒？

為著　開破台灣人的思想
汝將　福爾摩沙地圖园坦橫
用無仝款的角度　看島嶼
真媠　海翁倒踮大海內
海翁　佮海湧覕相揣
浮浮沉沉　的海翁
親像　台灣人無平靜的命運

彼一年　阮炁你去行
八卦山　文學步道
為你講　磺溪的文學精神
批判佮抗議
講賴和的　一支秤仔
講陳虛谷　放炮的小說
大人　比虎較大隻的壓霸
葉榮鐘　放膽文章拚命酒的精神
汝講　公理佮正義佇台灣
普世的價值　袂使放袂記
這馬　汝騎著海翁欲位佗位去？

5. 溪州的羊肉爐
——寫乎阿嘉（喬嘉辛）的批

彼一工　耀乾寄來伊媚兒
講你離開人間
去另外一个世界
我咧想　這擺
你應該轉去濁水溪邊的庄跤
佮細漢綴你行的彼粒月娘去囉

你佇人間消失的隔兩工
我佮明德兄去富山食飯
佇車頂接著紅玉餐廳　老杜的電話
講你前幾工有去伊台北的店
無想著　隔無幾工小小的感冒
煞來病變　失去你寶貴的性命
這款的消息　予阮驚惶佮毋甘
性命真是　無常
人生也是　無奈
啥人嘛無法度掌握家己的壽命

咱　雖然無定定做陣
你　踮佇北部
我　屈守彰化
阮　定定佇上課中
教學生欣賞你的作品：
月娘綴我行
我愛布袋戲
我愛音樂
短短閣淺淺的台語文
深深的感情有台灣土地的氣味
藏著台灣人慈悲佮疼痛的性情
猶閣有　長長的華語小說：
仙草冰　教阮做人著愛儉
教囡仔　愛為家庭做代誌
寫出濁水溪邊庄跤的代誌
鄉親的生活　一粒米　百粒汗
農家子弟　絕對袂使食死米

阿嘉　咱最後一擺見面
是佇二〇〇八年
台灣母語詩人大會
中區　中山醫學大學的會場

回顧著台灣詩路的歷史風景
討論用母語寫詩的重要性
鄭館長講　詩行‧時行　上流行
我嘛　閻雞趁鳳飛　發表
甲子詩情　蝶戀花　爭
會場上　我唱家己寫的台語歌：
對　拍干樂　唱甲　種菜的阿媽
對　同窗　唱甲　海洋的歌
開喙　著唱未煞
愛唱歌的你　聽甲
笑微微　敢是咧笑這位
三八兄弟　展手支
也是咧笑　歌詞中　寫著
咱細漢歹命的代誌
枝仔冰　規陣軟一支
會後　你相招欲去啉啤酒
我有代誌　先轉去
若知　彼工是咱上落尾的一擺
我一定　會陪你去
陪你　大杯大杯　啉落去
彼暝　你毋知有醉去？
我　毋是愛啉酒
咱　嘛是無愛醉

但是　酒逢知己千杯少
咱愛　佇酒宴中　講起
過去的代誌　講起
咱母語受壓迫的歷史
先賢為自由民主汗流湳滴
互相鼓勵　為母親的話
來寫詩　寫出台灣人歹命的過去
寫出台灣人堅強的意志
年紀漸漸大　氣力漸漸細
咱嘛為台語文　深深踤落去

阿嘉　阿嘉　阿嘉……
阮寫這張無法度寄出的批來借問
你毋知猶閣會記袂？
幾年前　有一擺
咱佇　台中見面的下晡時
我開車載你佮吳晟　返去溪州
彼暗　咱佇溪州羊肉爐　汲一杯
你講　溪州羊肉爐勝過
溪湖　羊肉真出名　好名聲
阮感覺　煮法無相全　加上
詩人朋友鬥陣食羊肉　靠感覺
腥味　變　詩味

啉酒　若　啉水
朋友　好　做堆
鄉親　仝　口味
彼暗　送你轉恁兜
拄著　恁大兄才講起恁姪子
陳昇　佇歌壇的名聲
才知　恁兜祖傳勢唱歌
你對　台灣歌謠深入的研究
是我　綴袂著的成就
阿嘉　啥物時陣才會當閣去
溪州　食芳貢貢的羊肉爐？
啥物時陣才會當閣佮你啉酒
唱台語歌來解咱內心的
憂愁？

6. 鹿港古城的身影
——敬悼 攝影家許蒼澤先生

一九三〇年
你來到鹿港
十六歲　Camera　隨著身軀
佇大街小巷　散步
龍山寺　米市街　九曲巷
迎媽祖　通港普　走斗箍
寫出懷念　歷史的跤步

戰後　台灣島
政治　淡薄仔粗魯

台灣　文化欠人照顧
你著　用相機寫日記
記錄　二鹿風華的過去
鏡頭　收藏失落的街景
予人想起　懷念的老台灣

彼當時　咱仝款志氣
你翕相　阮寫字　做伙去
走揣　長長的烏溪邊
記錄咱的　人民俗土地
你是身　阮著是影
鬥陣　盤山閣過嶺
做伙　行出台灣人的名聲

你牽阮　行過深深九曲巷
走揣　巷內的拍鐵聲
覡過　霜凍的九降風
行佇　瑤林街頂

講著　半邊井的故事
行到　埔頭街的公會堂
講著　泉州人講話無相仝
講著　施黃許　赤查某
講著　廖添丁　辜顯榮
講天　講地　講懸講低

看著　一張一張的相片
想著　一幕一幕的過去
鹿港　扒龍船的五日節
龍山寺　上元暝迎花燈
天后宮　新正鬧熱時
大街小巷　暗訪的時
袂當閣看著你

你　離開阮的身軀邊
行對西方　極樂世界去
請你　寬寬行
許先生　蒼澤是你的名
寫著　鹿港的名聲
你的形影佮鹿港的古城
仝名

7. 快樂的出帆

彼一日　阮徛佇你的面前
點一枝　芳香
用白菊花排出淡淡哀傷的壇中央
有你　攑著懸懸正手的
相片　向親情朋友告別

這張相　是你競選的時
徛佇街頭巷尾　廣告
快樂出帆的　宣誓
惟講台　行向
政治的舞台

奏哀樂的時
阮想起你對藍天
飛入　綠地
接近家己的土地
倚著　民主進步的信仰

命運　戲弄你的青春
行袂出　綠色的校園
踏著　粉紅色跤步
做一場彩色的春夢　今日
敢是　快樂出帆的日子？

8. 白沙湖邊的身影
——詩送林明德教授屆齡退休

你　行入白沙湖邊
深犁　彰化的田塗
咱　做陣搢回半線的人文風華
咱　用文學去帶動磺溪的精神
以　走街仔先做心中的神

你　三更半暝行佇校園
巡視路燈是毋是　失眠
看顧校園佮餐廳的衛生
為學生請來各地的神明
大大細細的代誌算袂清

你的身影　行佇彰化的
大街小巷試食料理　記錄
工藝家的功夫　教研究生
治學　傳授王夢鷗教授的靈性
搬出　一齣一齣台灣人的心情

9. 話家

畫家　話家　畫家　話家
畫山　畫水　畫烏　畫白
畫人　畫牛　畫花　畫曆
講欲畫　台灣深沉的主體
講愛畫　咱的人民佮土地
畫出　祖先耕地　潦溪

有一位「話」家
愛講民主運動
看著不公不義　伊講
台灣人好騙　歹教　奴才仔命
人喝媒袂行　鬼叫愛聽
有奶　伊著叫阿娘

有一位畫家
愛食熏兼歡風
啉著酒　激悾
做人　激戇
講欲為福爾摩沙做義工

畫中有話
色彩暗批
馬朝　偏中的問題
台灣人無信心　愛跋杯
講台灣　中國　一人一家代
公媽　隨人拜　國俗國往來

講伊愛畫牛
伊講伊的牛　相觸毋認輸
伊講伊的牛　惜土地閣愛厝
伊講伊的牛　巧氣閣慈悲
伊講愛畫出　台灣牛的志氣
伊講愛畫出　受殖民的傷悲

伊真正是　講真濟的
話家

10. 走街仔先的目屎

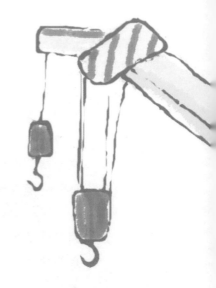

彼一工　阮對台中轉來彰化
佇中山路佮金馬路口
揣無　前進文學地標
烏色的書卷　紡見嚕
對中山路行入市仔尾
到中民街口　看著賴和
的身影　阮煞留落目屎
缺少文學素養的　統治者
伊毋捌　走街仔先啦？

過一工　記者拍電話
問阮　前進文學地標予拆的
心情　阮講伊將文學的彰化
看做　歹銅舊錫
慈悲的彰化媽祖
流著悲傷的
目屎　滴落塗跤
開出一蕊一蕊　磺溪精神的
野　百　合　花

註　代表「文學彰化」的賴和前進文學地標，於二〇一一年六月十三
　　日被彰化縣政府拆除，改放在八卦山上，好不容易建造一個彰化
　　入口意象的文學地標，被移除了。

開化寺

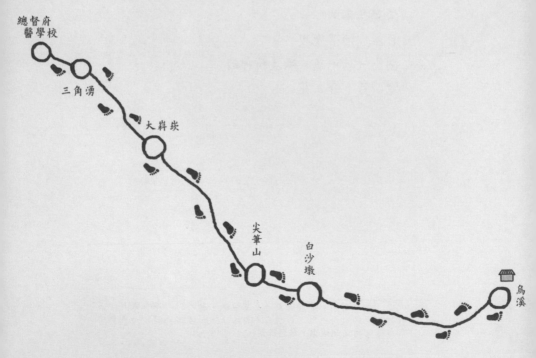

總督府
醫學校

三角湧

大嵙崁

尖筆山

白沙墩

烏溪

輯二
失蹤的月娘

11. 莿仔埤圳
——為中科搶農水而寫

◎ **怪手佮玫瑰**

> 彼一工　莿仔埤圳邊
> 怪手　偷偷走到路頂
> 吸焦　地母的血水
> 無情無義　軟血血蟲
>
> 擔頭看天　農村婦人
> 佇母親節　坐佇水圳邊
> 玫瑰花　掛佇
> 無話無句的怪手身軀

◎ 詩人佮西瓜

詩人　雄雄坐高鐵南下
莿仔埤圳邊　食西瓜
為鄉親吟一首
憫農詩

導演　雄雄來圳溝邊
排一齣　守護農水的戲
鄉親攑著鋤頭佮糞箕
鬥陣　唱出無奈的斷腸詩

◎ 相思寮佮莿仔埤

秧當閣相思的
相思寮　二科已經欲轉型
免用遐濟水　啥人欲埋水管
搶奪土地的血水

恬恬　佇莿仔埤圳邊
生長的稻仔　喝著
水是血　欠水無世命
無水　啥人欲飼阮的囝

◎ 江湖佇佗位？

拳頭舂石獅
軟弱女詩人用身軀
擋怪手　喝著
歷史　踏彎台灣農民的跤脊骿

予告的莿子埤圳　哭出
用白米做炸彈的無奈
大官坐咧　啉咖啡
阮著為田水拚　生死

12. 甲子詩情

六十歲以後
體重膨到九十公斤
變成一仙米彌勒佛
人講　肚大居財王
親成朋友叫我愛
戒　貪食　加　運動
啉白水　減肥變婿

六十歲以後
工課較濟貓毛
傱過來　走過去
拍拚嘛是辦未離
世間操煩袂了的代誌
哪猶有閒通　寫詩

六十歲以後
真濟熟悉人攏走去覕
朋友弟兄勸我
工課放予去
共時間留予家己
若無　大隻蜘蛛嘛吐無
詩

六十歲以後
面皮一日一日皺（liau5）
氣力一工一工消
慢慢愛來學逍遙
任何代誌毋通　貪
撙節家己氣力
才未死到真悽慘

六十歲以後
權力金錢有較厚
腰骨慢慢來變曲
鳥聲若閣聽袂曉
志向沉落　氣節遙
人生猶有　啥才調

六十歲以後
貪字　毋通留
色彩看予透
毋通共狗看做猴
毋通綴猴捙畚斗
若無　好好鱟刣到屎流

六十歲以後
徛佇懸懸的山頭
恬恬看　溪水咧流
溪水啊！
啥物時陣才會流到
阮兜

六十歲以後
企佇濁水溪的出海口
看著溪水海水咧敆流
野鳥一隻一隻飛向山頭
吼聲親像咧講
世間本來　田無溝水無流
過去的時間
永遠袂回頭
袂回頭

13. 廟寺

阮是　中台灣
上蓋大間閣豪華的廟寺
惟　花花世界中
覺醒　適合日時養
心

你是　台中市
上蓋婿的金錢廳
豹　虎　狼　彪　貓
暗時　陪五色人修
性

14. 小滿茶芳

小滿　雨水定定相趕
坐佇銀橋跤　予山看
噴上　天頂的七彩水泉
茶芳　一山飛了過一山

朋友　泡茶佮阮相交陪
鳥隻　飛來坑溝邊相揣
山坪的野花鼻著芳味　醉去
詩人　唸出驚動林占梅的句讀

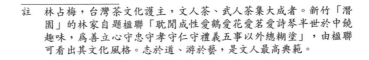

註　林占梅，台灣茶文化護主，文人茶、武人茶集大成者。新竹「潛
　　園」的林家自題楹聯「耽閒成性愛鶴愛花愛茗愛詩琴半世於中饒
　　趣味，爲善立心守忠守孝守仁守禮義五事以外總糊塗」，由楹聯
　　可看出其文化風格。志於道、游於藝，是文人最高典範。

15. 小暑茶會

風　漸漸吹遠去
雲　跤步慢慢停落來
阮用　清心的泉水
泡一壺　百年阿里山冬片

恬靜的風　激袂出雨水
太極糊的陰陽　點心
綠豆膨　草莓　核桃
舌尖澀　茶芳甜　人生滋味

16.揣詩過蘭陽

毋免　九彎十八斡
一條直溜溜的　腸仔迥過雪山
阮看著闊莽莽　蘭陽平原的天頂
鳥仔　一陣一陣飛過
白雲　一蕊一蕊吹過
霎霎雨寬寬仔　摔落去

沃踮青綠綠的地毯頂
落甲　綠草變做藍色的天
落甲　綠色博覽　變成蘭雨節
外澳仔　衝水　網魚佮耍水
濕濕的小雨暝
厚厚的人情味

來一陣揣感動的人
攏想空想縫欲寫詩
觀山看水　鼻滋味
臭腥魚　飛入漁港邊
港口　嘛是一片無仝款的天
魚販　賣著性命酸澀佮鹹甜
生活　總是愛過落去

註　1. 霎霎雨 sap-sap-hōo
　　2. 青綠綠 tshinn-lik-lik

17. 耍火的人
——記台中夜店火災

銃聲　漸漸恬靜以後
染有烏黃色的悲情城市
為著　耍心中彼葩青春
粗勇　少年家火氣夯懸
無信　阿拉的火燒毋熄
馬力強的　彼粒磨達

夯著火把　上餐廳秀出
美麗的身影佮歌聲
一擺　閣　一擺
佇電視機的畫面現身
無想著　引火上身煞燒
家己的　喉嚨

18. 爭

鳥
為著
食　一尾魚
亡

人
為著
財　拚生拚
死

19.百果山詩二題

◎ 王梨田

拍拚耕出百果山
王梨田　有純純的愛
食一喙　34D白肉包　配著
榛紀　好落喉的　豬肉酥

王梨田　　旺旺來
芳　芳芳的肉酥是蘇博士的
手路菜　豬跤佮牛排
請逐家　食看覓

◎ 芋傘情

芋仔葉　圓　圓圓
為阮　遮日頭
芋仔葉　青　青青
為阮　擋雨滴

一年遮了閣一年
風風雨雨過三更
芋傘有情閣有義
陪阮　度過散赤的囝仔時

20. 玉山

日頭光　永遠照著
面肉白泡泡　幼綿綿
天光　雲霧為你梳妝

山清清　地靈靈
看著你　心肝清
青翠山頭　好光景

玉山　你的愛
天頂　飛落來
你是　福爾摩沙的祖靈

21. 麻莢湯

對詔安到犁頭店
麻莢婆仔　揣著
新故鄉　煮好食的麻莢
為秘結的人　通大腸
為操勞的人　降火氣
有人為伊來寫詩

好食的麻莢
帶淡薄人生苦味
南屯田園　種滿的詩情麻莢
丁香魚　番薯參麻莢好料理
咕嚕咕嚕　啉落去
逐家呵咾　觸舌

22. 失蹤的月娘

中秋的暗暝　阮等待
月餅佮文旦柚
風颱　真夭壽
拆破阮的岫
搶走阮的文旦柚

中秋的暗暝　阮期待
規家伙　來團圓
后豐大橋　煞斷樑
溪仔水　無目瞜
月娘　跋入溪底袂喝咻

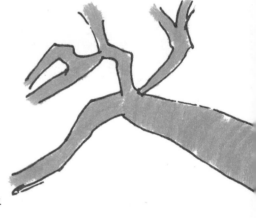

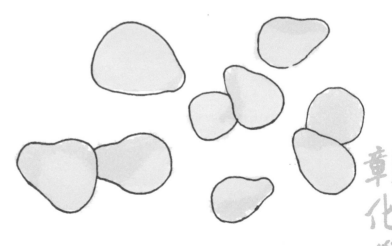

中秋的暗暝　阮哀愁
月餅母食閣　斷糧
家庭團圓免數想
揣無失蹤的月娘
失蹤的月娘

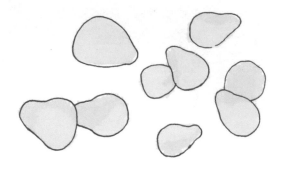

註　1.風颱：颱風。
　　2.拆破：拆散。
　　3.規家伙：全家。
　　4.跋入：跌入。
　　5.無目睭：沒眼睛。
　　6.袂喝咻：無法呼喊叫。
　　7.母食：沒吃。
　　8.閣：又。
　　9.免數想：不用想。
　　10.揣：找。

23. 蝶戀花

命中註定
採花
芳

一叢採了閣一叢

24. 戇孫仔的電話

予眠夢驚醒的戇孫仔
育恩　目屎流，目屎滴
吵規暝　吵欲看醫生
伊的老母騙規暝
騙甲大粒汗細粒汗湝湝滴

予眠夢驚醒的戇孫仔
育恩　三更半暝哭袂煞
吵欲拍電話轉來台灣予阿媽
伊的老爸問伊
拍電話予阿媽有啥代誌

育恩　目屎流，目屎滴
吵規暝　吵欲看醫生
吵欲揣阿媽　吵欲
叫醫生共伊換頭腦
才袂閣做有魔鬼的眠夢

真久無聽著戇孫的電話
阿媽　笑甲喙仔裂西西
阮問阿媽是啥代誌
伊講　聖地亞哥的戇孫仔
育恩　做惡夢吵欲去叫醫生換頭腦
話講猶袂了　阿媽目屎煞輾落來……

25. 色彩

少年時　愛佇藍色水中學泅
海湧　一波閣一波　滾絞
做人　阮嘛真正溫存
大湧　溢過來
阮喝咻
日頭　赤焱焱
隨人　顧性命

中年後　阮佇綠色田園種作
風颱　一擺閣一擺
阮知影　風頭徛予在
免驚　風尾做風颱
相信家己的志氣
阮知影　骨力食力
貧憚　吞喙瀾

六十歲以後
阮無愛　花花的世界
阮無愛　變化無常的色彩
白色的滾水　阮上愛
流浪的白雲　自由佮自在
色彩的想法　嘛無愛

26. 廣場

佇自由的廣場　　　　　　紅毛土埕　發出來的
辦一場　喪禮　　　　　　野草莓　用性命公祭
哀　自由死亡　　　　　　嗚呼　人權予警棍拍死
嘆　民主倒退　　　　　　台灣之聲　予局長消音
佇廣場　的自由

阮看著　專制的陰魂　　　自由的廣場
崁佇　台灣的天頂　　　　人民　失去自由
颲颲飛　毋願離開　　　　性命　失去人權
　　　　　　　　　　　　台灣　失去主權
　　　　　　　　　　　　祭拜　中國無恥的靈魂

27. 回鄉

一條路　迵八卦山
慈悲的佛祖笑吻吻
八卦台地的山崙
予阮想起故鄉的溫存

一條路　迵王宮
港邊彼座懸懸的燈
為朋友弟兄來照明
鄉親熱情阮毋驚海風冷

一條路　迵溪州
想起故鄉山明水秀
社頭芭仔佮二水白柚
解決想厝的憂愁

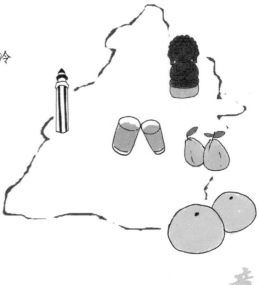

一條路　迵埔心
薄酒萊倒來啉
乾一杯　逐家變全心
彰化人　親情朋友上有親

28. 隱居的野花

貪戀著　山婧
貪戀著　水甜
貪戀著　風的芳味
搬入蘭陽的山林
隱居

為著　走揣囡仔時代的夢
做一个　半月型的水池
種一片　蝶仔花送予
心中的　西施
每日享受　愛情的滋味

29. 日月潭ê情歌

日頭ê光，月娘ê情
浮跂日月潭ê面頂
山清水明，日月潭好光景
駛船入潭心肝清
南投鄉親上熱情

白白ê雲，青青ê樹
鳥隻飛過山尾溜
日月潭ê姑娘上溫柔
櫻桃喙，笑微微
潭水目，金熠熠

春天ê時，樹仔葉青
秋天ê時，月娘上圓
阮定定來潭邊
唸出美麗ê歌詩
姑娘　姑娘阮合意你

30. 漁火節

點一支菸　歃一喙
親像歃入一波一波的海湧

吐一口氣　向天頂
歃出　一蕊一蕊鬱卒烏雲

王功海岸　日頭漸漸落去
燈塔邊　紅樹林　白翎鷥
日頭曝瘦蚵民　喘大氣
漁火變成煙花
逐年攏唱　補破「夢」

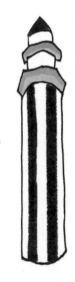

王功港街　漁火節
漁民　拚海湧無輕鬆

鹹水潑面　有食無剩
啥講　火大毋驚柴青？

31. 媽祖魚

媽祖魚　巧氣閣慈悲
踮佇　鹿港的海邊
游過來　泅過去

白海豚　白海豚（華語）　人攏稱呼你海豬
看著你　真福氣
囡仔好育飼　老人食百二

浮浮沉沉的海湧　親像無常的人生
你的形影有靈性　保庇台灣向前行
台灣人　毋驚風雨佮大湧

開化寺

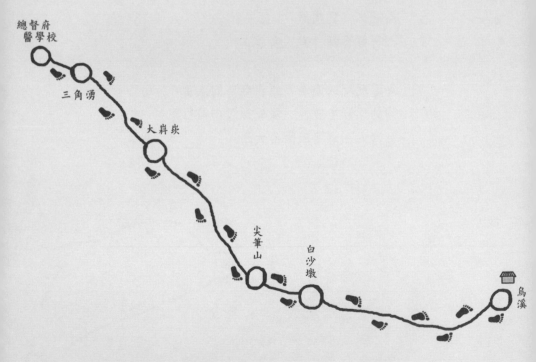

總督府
醫學校

三角湧

大嵙崁

尖筆山

白沙墩

烏溪

輯三
街頭巷尾的詩情

32. 彰化的歌

彰化古早叫半線
東爿一粒八卦山
鳥隻飛來遮做伴
市內古蹟有夠濟
有人稱呼咱磺溪

雍正元年設縣治
觀音亭是第一寺
孔廟隨後來建置
設師立教彰化市
井水清涼無地比
生活安和兼樂利

佛祖坐踮八卦山
定寨望洋海無岸
遊客一攤閣一攤
肉丸一碗閣一碗
美麗景緻誠好看
大佛永遠袂孤單

南門的廟媽祖宮
西門長老蘭醫生
對咱台灣誠有情
切膚之愛來見證
北門醫生和仔仙
抗日攏嘛走代先

先民流血閣流汗
乙未抗日八卦山
和先烕頭大聲喝
我生不幸為俘囚
勇士當為義鬥爭
為著民主來犧牲

彰化的人有正義
勇氣像山無地比
詩人攏嘛有骨氣
受逼寫出斷腸詩
做人著愛講義氣
熱心關懷咱鄉里

祖先的血咱的汗
耕溪埔佮開荒山
留地囝孫來生湠
感念先祖流血汗
豐樂亭上唱山歌
協力拍拚為彰化

33. 肉員

圓　圓圓个　肉員
飪　飪飪　好食款
粉粉粉的皮　包著
擔頭　三代人的生活經驗

內餡有腿肉　竹筍佮卵仁　香菇
北門口　大竹圍　民權市仔　小西巷
攏有頂港好名聲
下港上出名的　彰化肉員

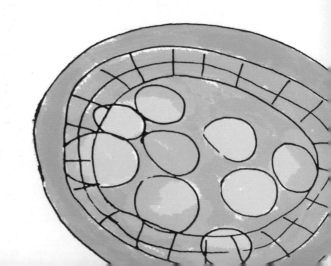

34. 炕肉飯

一碗燒燙燙的　白米飯
一塊肥軟肥軟三層炕肉
芳貢貢　貢貢芳
食了　予人想七冬

食炕肉　加淡薄菜甲
兩塊　菜頭抑甘籃
來一碗魚丸　筍仔湯
炕肉飯　食飽去八卦山頂耍

35. 擔仔麵

古早賣麵的　擔頭
這馬　趁錢起洋樓
貓鼠麵　蚶仔麵　黑肉麵　麵線羹
佇彰化站徛起幾百年

牛肉麵　涼麵　豬跤麵　大麵羹
麵線糊　牽羹落水　藏水沬
寬寬食　慢慢仔鼻
享受　擔仔麵的好滋味

36. 甜蜜的滋味

芋仔冰　涼涼甜甜
食一喙　心涼脾透開
妳一喙　我一喙
享受感情的好滋味

熱天時　街頭巷尾
淡薄仔苦澀的紅茶
真正是清涼退火氣
老人食冰活百二　囡仔食冰好育飼

37. 麻糬

彰化　麻糬
有鹹閣有甜
食飽閣食巧
好落喉　袂黏喙齒
毋免　懸價錢
做等路上四序
省本　多利

38. 彰化特產

　猶會記得　賴和為彰化製造
　彼頂　人人攏知的文學帽
　伊的作品寫著磺溪的正義
　有半線歷史氣味的　卦山燒
　高鐵的火車頭　載著
　黃金燒　各種彰化特產糕仔餅
　苔條塗豆　八卦山的咖啡
　到親情朋友個兜

39. 牛奶冰

去銀行山頂　看風景
日頭照佇奶牛跤脊骿
聽蟬仔佮鳥仔的哮聲
相思林內親像彰化的歌廳
中晝時　牛奶冰
一支食了閣一支
冬天若到　牛奶火鍋好料理
月娘　上山　月光伴天星
寫出一首一首　愛情詩

40. 碗粿

來到彰化若無食
碗粿　心情臭焦兼著火
在來米　做碗粿　市場賣

三更半暝　阿母灶跤炊
阮陪阿母　炊碗粿
看冊　炊粿　省電火

41. 肉粽

母免　五日節
肉粽照常炊　拍拚賣
餡有三層肉　竹筍　塗豆
香菇　卵仁　蝦米

燒肉粽　啊　燒肉粽
世世代代縛肉粽
阮兜的肉粽消袂離
屈原免加持　一粒肉粽一首詩

42. 遊南街

南門的媽祖婆　啊　媽祖婆
上愛遊街去迌迌　愛食雞　愛潦溪　愛冤家
出門　七爺　八爺行做前
烏色令旗　喝號令
報馬摃鑼走代先

千里眼　頭前路途看上清
順風耳　聽風探聽世間情
逐家緊來南瑤宮　啊　南瑤宮
宮前宮後耍花燈　點光明
南瑤街仔　人客數萬千

好食的　攤頭算袂清
好看的　物件隨咱揀
遊南瑤街　逐家好心情
半線古城　好風景　啊　好風景

開化寺

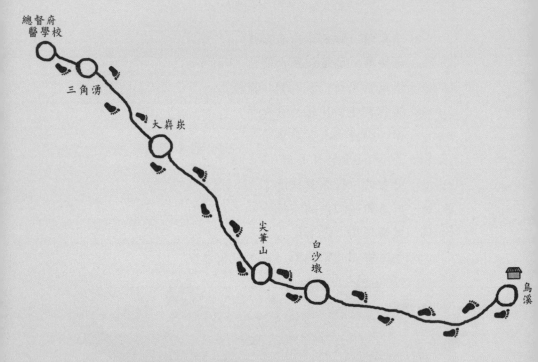

總督府
醫學校

三角湧

大嵙崁

尖筆山

白沙墩

烏溪

輯四
台羅拼音

Tsi̍p –sì　Tâi-Lô
phing-im

Tsip-it
Han-tsî-hn̂g ê jit-thâu

Han-tsî-hn̂g ê jit-thâu-kng
—Si siá Tâi-uân sin-bûn-ha̍k tsi-hū Luā-hô

◎ Tsáu-tshuē Hô-á-sian

It-kiú-kiú-ngóo nî gún kiânn-ji̍p han-tsî-hn̂g

Tsò hn̂g-ting thuân-pò Hô-á-sian ê Tâi-uân tsîng

I tsò Siōng-tè gún tsò i ê kha-kè

Gōo-tsa̍p huè li̍p-tsì kóng Hô-á-sian ê tāi-tsì

Kóng Puànn-suànn li̍k-sú bûn-huà sing-ua̍h

Siat-tī Hô-hn̂g tuā lâu bô guā kú ê kì-liām-kuán

Lâm-pak-jī-lōo ê sian-hiân lóng lâi pài-kiàn Hô-á-sian

Liáu-kái sian-senn tsāi-senn ê tāi-tsì

Oo-hûn khàm-khì gōo-tsa̍p tang ê jit-thâu

Tsiām-tsiām huat-tshut i ê kng-phóo kah khuì-la̍t

Hô-á-sian sîng-tsiū Tâi-uân ê kè-ta̍t

Tshuā tio̍h Tâi-uân-lâng hiòng-tsiân

Tsit-tīn muî-thé ê sian-senn Tsiong-huà tsáu-tshuē

Siūnn liáu-kái Hô-á-sian hong-siann tiong ê tāi-tsì

Khì Pak-kuà-tâi-tē ê Lâu-tshù bōng tsham-pài

Lán-hûn Luā-hô-kong tsi-bōng

M̄-kiann hong-hōo ê Hô-á-sian

Hōo-iū lán ê han-tsî-hn̂g

Tn̂g-tn̂g ê kuann-bâng-hue jia-tio̍h

Tâi-uân-lâng kuà tī Hô-á-sian
Bōng-pâi tíng ê bàk-sái

Bô-tsah hun-hong ê gún tiám-tsìt-ki
Tiông-siū-hun tshah tī bōng-pâi tsîng
Bàk-tsiu khuànn-tiòh pâi-tíng pat-jī-tshiu ê siòng-phìnn
Siang-tshiú hàp-sip kiok-kiong
Bōng-tsì iu-lô kuè-kik
Thòng í Tsiau-hô tsàp-pueh nî it-guèh sann-tsàp-it jit
Suann-tâu ê hong líng-ki-ki
Thinn-tíng ê hōo tshàp-tshàp-tih
Gún-ê bàk-sái mā pué-buē-lī

◎ Hóo-suann-giâm kàu tshī-á-bué

Hiàn-tē khí Hóo-suann-giâm ê Luā-hô sian-tsóo
Bô-lâu tiàm Hue-tuânn thiann tik-ūn phīnn hue-phang
Puann kàu Tsiong-huà tshī-á-bué a-kong Luā Ti lāng-lâu
Lāu-pē Luā-thian-sàng tsò sai-kong tshī-bóo-kiánn
Lâu-tiòh nñg-tiâu tñg-tñg thâu-tsang-bué ê
Luā-hô tsàp-huè jip hàn-òh-sian Ñg Hàn ê tsheh-pâng
Lîn tsi tsho sìng pún siān sìng siōng kīn sip siōng uán
Jit-pún-lâng tsin hiau-pai tuì Tâi-uân-lâng lóng tsin-pháinn
Liām-tseh-kua ê jit-tsí sī bô-liâu ê kì-tì
Lâu-lòh-lâi tsò hàn-lîn ê ì-tsì

It-kiú-khòng-sam nî Luā Hô m̄-tsîng-m̄-guān hōo sàng-jip

Tsiong-huà tē-it kong-hȧk-hāu khóng-tsú-biō
Hȧk-sı̍p tuā Jı̍t-pún ê gí-giân tsò kok-gí
I-kóng gún m̄-tsò Jı̍t-pún-lâng uī-tsuánn ài thȧk Jı̍t-pún tsheh
Ka-tīng I tn̂g-tn̂g ê thâu-moo kah Tâi-uân-lâng ê tsū-tsun
Ka buē-tn̄g hit-khuán siū ī-tsȯk ap-pik ê uàn-hūn
Sîng-tsiū tiȯh khòng-gī put-kong-put-gī ê lîng-hûn
It-kiú-khòng-kiú nî Jı̍t-pún siú-siòng I-thîn-phok-bûn
Tī Ha-ní-pin hōo Tiâu-sián tshing-liân tȯh-sí hit-nî
Tsȧp-lȧk-huè khó-jı̍p Tâi-uân Tsóng-tok-hú I-hȧk-hāu
Tī i-hȧk-hāu uī Tâi-uân ê「Hȯk-guân-huē」
Sik-sāi tông-tshong Ang Tsùn-bîng kah Ông Tiāu-puê
「Hȯk-guân-huē」tī kang-san-lâu khui-huē sî
Luā-hô kóng kang-san lûn-lȯh siánn-lâng hū-tsik
Jîn-sik kāng hȧk-hāu ê Tōo Tshong-bîng
Sio-tsio tuì Tâi-pak pōo-liân kàu Tsiong-huà
Tshì-kha-lȧk liān-khuì-lȧt hȧk-sı̍p kha-tȧh-sı̍t-tē
Tsit-pái ê hîng-tîng i gōo-tshut tiȯh
Tui-suî lân-tit sī tshong-bîng
Liáu-kái lâng kah thóo-tē ê kuan-hē
Tsai-iánn Tâi-uân-lâng ê sing-uȧh

Sî-kan kuè-liáu tsit-pah nî í-āu
Ū tsit-tīn siàu-liân-á tui-suî tiȯh
Tsiân-puè kiânn-kuè ê lōo-suànn tsòng-iû
Tsáu-tshuē Hô-á-sian kah Tōo-tsiân-puè kha-jiah
Kiânn-kuè Sam-ing-pōo-lȯh khuànn guân-tsū-bîn sing-uȧh
Khuànn-kuè hōo phò-hāi ê Tuā-poo lông-tē

Liáu-kái thôo tsuí bí ê tiōng-iàu

Kiânn-kàu se-hái-huānn ê Tuā-siànn khuànn lông kang tshia-piànn

Koh kàu Khe-tsiu tsùn-liâu khuànn hōo-tsuí khòng-tsing

Liáu-kái tsu-pún-kā lông-bîn tshiúnn thóo-tē ê tāi-tsì

Tsit-pah nî tsîng Luā-hô tī Jit-tī tsi-hā

Kiânn-kuè Tâi-uân ê thôo-tē hak-hāu oh jit-gí

I bô ài iōng sit-bîn-tsiá gí-giân siá-si

Tān íng-uán kì-tioh hāu-tiúnn Ko-bok-iú-ki e uē

Beh-tsò i-sing í-tsîng, ài oh tsò sîng liáu lâng

Bô ko-sióng ê lîn-keh, buē-tàng tsīn i-sing tsik-jīm

Hāu-tiúnn ê uē hōo Hō-á-sian piàn-sîng Tsiong-huà-má-tsóo

Piàn-sîng it-sing uī Tâi-uân bîn-tsú tsū-iû ê

Tsiân-tôo siū-khóo thua-buâ tsē-kann

Tsit-pah nî āu siàu-liân-á siū Hô-á-sian ê

Íng-hióng oh-tioh tshin-kīn thóo-tē kah lîn-bîn

Tshuē-tshut Tâi-uân ê sènn-miā-lat

tshuē-tshut Hô-á-sian ê tsing-sîn

◎ Ē-mn̂g kah Kóo-lōng-sū ê lú-iû

Jī-khòng-it-jī nî ê lak-gueh té

Gún kah Tsiong-huà-su-tāi kok-bûn-hē ê kàu-siū

Tsham-hóng Ē-mn̂g-tāi-hak ê Tâi-uân-gián-kiù-īnn

Tsu Siang-it kàu-siū tshuā gún kiânn tah

Kái-sueh tsit-king lik-sú tsin-kú ê hāu-hn̂g

Tâi-uân-gián-kiù sóo sóo-tiúnn Tiunn Ú uī tak-ke siau-kài

Gián-kiù Tâi-uân bûn-tê ê sim-tik kah hong-hiòng

I-kóng tshut uī ta̍k-ke ho̍k-bū

Uē-tiong àm-sī tio̍h thóng-it ê guān-bōng

Hōo-gún siūnn khí Luā-hô ê tsit-kù-uē

Thian í Tâi-uân guân to̍k-li̍p

Kiânn-tshut Ē-mn̂g tāi-ha̍k āu gún koh kiânn-ji̍p

Lâm-phóo-tô-sī him-sióng Kuan-im ê tsû-pi

Phīnn-tio̍h khong-khì-tiong hun hong ê phang-bī

Khuànn-tio̍h biō-hn̂g tiong liân-hue buánn tsuí-tî

Ū-lâng bô-îng leh thiu tshiam-si

Kiû-sîn pài-pu̍t ê lâng muá-muá-sī

Kuè-khì tī Tsiong-huà Su-tāi Kok-bûn-hē

Tsò kheh-tsō kàu-siū ê Tsu Siang-it

Kah gún tsē-tsûn tōo-kuè Kóo-lōng-sū

Gún siūnn liáu-kái it-kiú-it-pat nî kàu

It-kiú-it-kiú nî té-té kî-kan

Luā-hô tī Kóo-lōng-sū ê Phok-ài I-īnn

Hit ê nî-tāi Luā-hô tsò phok-ài I-īnn i-kuann

Tâi-uân-lâng ê i-kuann koh kuà Ji̍t-Huâ tshin-sian tsik-jīm

Í gōo-kái tsò Tâi-uân gōng káu ê miā-ūn

Sim-tsîng ut-tsut ū lōng-tsú thian-gâi ê pi-ai

Tiong-kok ngóo-sù sin-bûn-huà ūn-tōng hong-hong-lia̍t-lia̍t

Lāi-sim ê tshong-kik hōo-i lī-khui Kóo-lōng-sū

Tuà-tio̍h mâu-tún ê sim-tsîng tńg--lâi Tâi-uân

Tsú-tiunn kái-piàn Tâi-uân ê kū bûn-ha̍k

Tshòng-tsok sin ê kuan-liām kah hîng-sik

It-kiú-jī-sam nî siá tshut tshin-tshiūnn sin-bûn-ha̍k ê tsok-phín

Tsing liâu hân-uē tâm in-in-kó-kó hui-in

Hui kó iā-in-iā-kó tíng-tíng sī-sī

Hui-hui ê būn-tê

◎ Tshī-á-bué ê Luā-hô i-kuán

Luā-hô jī-tsàp-jī huè hit-nî tī Tsiong-huà

Kah Sai-sì-á tsng Ông Tshó lú-sū uân-hun liáu-hāu

Tī Ka-gī pīnn-īnn kah Phok-ài I-īnn hòk-bū

Kám-thàn lâng-pīnn khó-liâu kok-pīnn lân-i

It-kiú-jī-khòng nî í-āu

Lóng tī tshī-á-bué khui-kuán hîng-i

Sūn-suà i-tī Tâi-uân ê put-kong-put-gī

I-tī Tâi-uân lâng ê tì-sik put-liông-tsìng

I-kóng guá sing put-hīng uî hu-siû

Ióng-sū tong uī gī tàu-tsing

I-kóng phuà-pīnn lóng ài iōng iòh-i

Bô-tsînn kì-siàu iā khó-í

Lông-bîn thèh-bí han-tsî lâi tú-siàu

I-tsiong han-tsî kah bí tshiánn tshù-pīnn tàu-siau

I-sing tsiū-sī hòk-bū-giàp kiàn-sú-put-kiù

Sī kiàn-siàu ū-tshut bô-jip king-tsè tòng-buē-tiâu

Buē-tē póo-thiap i-kuán ê khai-siau

Ū tsit-nî jī-tsàp-káu àm mî tsîng

Tsit-jit tshia-hu Tân Tsuí-liông

Khuànn-tiòh sian-sinn-niû bīn tài tiòh iu-tshiû

Tsin-sī gín-á huann-hí kuè-nî

Tuā-lâng huân-ló bô-tsînn ê sî

Tshia-hu tsū-tōng tshut-khì siu-siàu

Kau hōo sian-sinn-niû pān-nî-huè

Hô-á-sian mā Tân Tsuí-liông nî-kuan khì siu-siàu

Kiò lâng beh án tsuánn kuè-nî

Tân Tsuí-liông kóng hu-lîn bô tshài-tsînn

Lán sió khuá lím leh nî tiȯh kuè--looh

Hô-á-sian tsí-sī uī pȧt-lâng siat-sióng

Tshù-lāi nî-tseh ê tāi-tsì bián khó-lū

Tsū hit-nî khí tsȧp-jī guȯh-té

Ke-ke hōo-hōo sio-kim-tsuá

Hô-á-sian tiȯh khai-sí sio siàu-phōo

I-jīn-uî nî-kuan iáu khiàm-tsè ê lâng

Lóng-sī sing-uȧh khùn-khóo pháinn-miā-kiánn

Lâng tsò i-sing sī siūnn-beh thàn-tuā-tsînn

I-tsò i-sing tàu-sānn-kāng sàn-tshiah-lâng hó-kuè-nî

Ū tsȯt-kuá lāi-suann kiânn-tshut--lâi khuànn-pīnn ê

Guân-tsū-bîn put-tān bô siu iȯh-huì

Pau-kui kòo guȯh hūn ê iȯh-á

Koh thȯh tshia-tsînn hōo-ī tsē-tshia

Guā-lâng kóng i-sī a-pô tshue-uánn-kué

I-kong kiù-sè-kiù-sè jȯt-tsí hó-kuè

Muí-jit huān-tsiá tsiūnn-pah-lâng kiù-sè tsing-sîn

Siàu-kuī ū-tshut-bô-jȯp tsînn-khang-khang

sùt ko-bîng thàn-bô-tsînn mā m̄ kiann tshiò-sí-lâng

Hô-sian tiānn kóng tshut-sì tsò-lâng lâi-khang-khang

· 139 · 輯四　台羅拼音 ·

Sí-liáu tsò-kuí khì mā khang-khang
Sinn kah sí guân-lâi lóng-sī lióng-bâng-bâng

It-kiú-sù-sam nî guân-gueh sann-tsap-it jit
Hit-kang kiap-sim-tsìng hōo-i buē-tshuán-khuì
Bô-huat-tōo i koo-put-jî-tsiong
Hòng-khì Tâi-uân-uē-bûn ê tshòng-tsok
Hòng-khì bîn-tsú tsū-iû ê tui-kiû
Hòng-khì tí-khòng Jit-pún-lâng lîng-tî
Hòng-khì tshiúnn-kiù tshài-lông Tsîn Tik-tsham
Hòng-khì kái-kiù lôo-lē ê lôo-lē
Hòng-khì kah Jit-pún kíng-tshat khòng-tsing
Hòng-khì sè-kan ê hun-hun jiáu-jiáu
Gîng-sim sī tāng-pīnn bô ioh-i
Tsik-hùn sī tsik-buâ bô-liáu-sî
I-gîng sè-kan sit-khì liáu kong-lí
I-gîng lîn-kan sit-khì liáu tsìng-gī
I-gîng sī-hui sī tian-tian-tó-tó
I-gîng kok-kiàn-kiōng-hô tsuánn put-sîng

Hô-á-sian tshut-suann hit tsit-kang
Thiann-kóng Tsiā Suat-hông tshīng peh-phàu giâh hàu-ting
Tak-ke khàu kah thâu-lê-lê
Tsiong-huà ke ke-ke-hōo-hōo siat-lōo-tsè
Sì siânn-mîg gōo-hok-hōo thong siânn-phóo
Buē-su tī leh ngiâ má-tsóo
Khiām-tîg-neh-tōo ap-sí sù-hok-hōo

Sàng-tsòng ê hiong-tshin muá-ke-lōo
Gōo-pah guā-lâng sàng Hô-sian tsiūnn suann
Bȧk-sái tshin-tshiūnn leh lȯh sai-pak-hōo
Tshī-á-bué kàu suann-phiânn ê Lâu-tshù-bōng
Té-té ê lōo-tôo kiânn kui ē-poo

Hôo-á-sian sin-āu ka-tîng khùn-khóo khiàm-lâng tsin-tsē tsè
Khuànn-pīnn sing-lí tsin-hó siu-jıp àn-tsuánn-bô
Guân-lâi thàn-tsînn tsàn-tsōo khòng-Jıt ūn-tōng
Tsînn khai tī Tâi-uân bûn-huà uȧh-tōng
Sàn-tshiah-lâng khuànn-pīnn bô-siu-huì
Tsin-tsē-lâng kám-siā-i ê tsû-pi
Lóng tshing-hoo-i Tsiong-huà-má-tsóo
khì pài-bōng ê lâng muá-muá-sī
Bōng-tsháu tsú-tê khó i tī-pīnn
Khóng-khí sıt-tsāi tsin kuài-kî
Hiong-tshin ū-lâng bāng-tiȯh Hô-á-sian khì
Ko-hiông tsò Sîng-hông-iâ ìm guā-hng
Iā-ū biō-lāi ê tâng-ki giȧh
Hô-á-sain ê miâ-lī lâi
Khuànn-pīnn thàn-tsînn tsà-khi
Tsit-tsióng sè-kan-tāi tsin-tsiànn bô-thinn-lí

◎ Thài-phîng-khián kah luān-sè-bîn

Koo Hián-îng ín jit-pún-lâng jip-kuan

Tsú-tiunn kam-guān tsò thài-phîng-káu

m̄-guān tsò luān-sè-bîn

Hōo lán Tâi-uân-bîn-tsú-kok buē-tàng sîng-tsin

Lûn-lȯh thài-iông-kî ē ê sit-bîn

It-kiú-jī-ngóo nî Luā-hô kah hiong-tshin

Tsoo-tsit Liû-liân-su-soh khu-lȯk-pōo

Iōng-si uī bô tsì-khì ê lâng sé-bīn

Hòng-khì tsū-iû lîn-khuân ê tsú-tiunn

Kam-guān ìng-siû tsiȧh-bah tsáu kuann-tiûnn

Tshī-káu ām-ē kuà tâng-pâi

Iāu-bú-iông-ui m̄-kiann hōo lâng tsai

Tsò Jit-pún-lâng lôo-tsâi kha tȧh bé-sái pn̄g kuann-sè

Iāu-bú-iông-ui khuànn-lâng bô bȧk-tē

Tsit-nî Tâi-uân tsóng-tok I-tik-to-hí-lâm

Iōng liâm-kè ê tsînn kā lông-bîn khai-khún ê thóo-tē

Tsún thuè-tsit ê kuann-guân bué tshú sit-si

Tsuè-tsit kuann hut-hā bô-tn̄g khai-khún tē tiâu-lē

Thóng-tī-tsiá luān iōng tsū-puî ê huat-lȯk

Ui-hiȧp tiȯh Tâi-uân khó-liân ê lông-bîn

Hô-á-sian siá tiȯh tsit-khuán ê si-kù

    Tsō-siōng sī ui-giâm ê phuàn-kuann

    Pinn-á sī hô-sian ê thong-ik

    Tâi ē sī pī-gî ê peh-sìnn

    Pi-tshòng！Tsiàn-lik

Tsit-khuán ê kuann-guân tsit-khuán ê huat-īnn
Tsit-khuán ê thinn-nî bû-huat mā bû-thian
Hōo lông-bîn bȯk-iûnn bô-poo king-tshân bô-thóo
Hōo lông-bîn liû-lî sit-sóo bô-hn̂g tsìng-tsoh

Kâng tsit-nî Jī-lîm tsià-lông sū-kiānn lâi huat-sing
Tsu-pún-ka kah Jit-pún-lâng khi-hū lán lông-bîn
Ū-la̍t-tsiá lī-iōng in ê khuân-sè
Pak-siah bô-la̍t tsiá ê thóo-tē
kiò in kam-tsià guân-liāu kè-siàu ài hi-sing
Tsin sī tē-it gōng tshah kam-tsià hōo huē-siā pōng
Thn̂g-tshiúnn ê pōng thìn sann-ê pó-tsìng tsa̍p-peh kin
Luā-hô siá tio̍h kak-gōo ē ê hi-sing
kià-hōo Jī-lîm sū-kiānn ê tsiàn-iú
Kak-tshínn sìnn-miā tio̍h bô iu-tshiû
Jiok-tsiá ê kak-tshínn m̄-guān khuànn pa̍t-lâng ê thinn
Jiok-tsiá ê hi-sing uānn tio̍h sìnn-miā ê kè-ta̍t
Ū kak-ngōo tsiah ū ka-kī ê thinn
Ū kak-tshínn tsiah ū tâi-uân-lâng ê nî
Jit-pún-lâng tsè-tīng ê huat-lu̍t
Tsuan-bûn iok-sok Tâi-uân peh-sènn
Tsè-tōo sī bô tō-lí ê iok-sok
Hit ê nî tāi bîn-kan tshiùnn-tio̍h
　Hîng-sū pí hóo khah tuā-tsiah
　Tshuì nā phah-khui ná liō-hia
　Nā ū mih-kiānn kàu sok-sià
　Sìánn-mih tāi-tsì lóng-bô lia̍h

It-kiú-sam-khòng nî Bū-siā ê suann-khu

Guân-tsū-bîn ê tông-pau tsuí im kàu nâ-âu

Thèh tiòh in ê huan-to

Kng-tiòh in ê tsiòh-thâu

Tshut-tsháu thâi tiòh Jit-pún ê lâng-thâu

Jit-pún phài hui-ki tàn tsà-tuânn

Iōng tòk-khì kah gá-suh

Tòk-khì tī suann-khu phùn kah bū-bū-bū

Bòk-ná · luh-tō tuà-tiòh in ê tsòk-bîn

Iōng sènn-miā siá-tshut lâm-kok ê ai-kua

Huah-tshut hiann-tī--ah！hiann-tī--ah！

Piànn-lòh-khì khuán i tòk-khì ki-kuan-tshìng

Piànn-lòh-khì khuán–i tsà-tuânn kah tshìng-tsí

Uī-tiòh tāi-tāi kiánn-sun ê sing-tsûn

Lán buē-sái koh thun-lún líng-tām

Tham-sing kiann-sí ê lâng bô siánn-mih kè-tàt

Lán-sī ióng-kám ê Sài-tik-khuh pa-lâi

Iōng lán ê thâu khì uānn tsū-iû ê sin

Iōng lán ê huih khì uānn bîn-tsú ê hûn

Luān-sè ê lîn-bîn ài ū kut-khì

Tham-sing ê lâng uānn-lâi tn̂g-kiú ê khut-jiòk

Jī-tsàp-it sè-kí í-āu

Guī Tik-sìng tō-ián ê tiān-iánn

Sái-tô-khó-pa-lâi sái-tik-khó pa-lâi sái-tik-khó pa-lâi

Sè-kài kok tuā-tsiu lâng-lâng lóng-tsai

Tâi-uân huat-sing Bū-siā sū-kiānn ê nî-tāi

Sī Tâi-uân-lâng kah Jit-pún-lâng tshia-piànn

Lı̍k-sú ê sī-si̍t sī-hi tuì-tsia-lâi

Tâi-uân-lâng ê āu-tāi lí-kám-tsai

◎ Uī-tio̍h gí-giân lâi tsiàn-tsing

Tsū-kóo lâng tshut-sì kóng lāu-bú ê uē

Sī thian-king-tē-gī ê tāi-tsì

Put-hīng pah-nî lâi Tâi-uân-lâng

Uī-tio̍h gí-giân lâi tsiàn-tsing

Thóng-tī-tsiá iōng in ê gí-giân lâi si̍t-bîn

Ji̍t-tī sî kok-gí tiō-sī Ji̍t-gí

Hô-á-sian i m̄-guān sîng-jīn

I-iōng hàn-gí lâi sio-thīn

It-kiú-sam-khòng nî Hiong-thóo bûn-ha̍k lūn-tsiàn

It-kiú-sam-it nî Tâi-uân-uē-bûn lūn-tsiàn

Ū-lâng tsú-tiunn thâu-tì Tâi-uân ê thinn

Kha-ta̍h Tâi-uân ê tē sing-ua̍h tiong ài-kóng

Tâi-uân-uē mā-ū-lâng tsú-tiunn Tiong-kok ê pe̍h-uē

Luā-hô sī tsú-tiunn Tâi-uân-uē-bûn

Iōng i ê tshiú siá i ê tshuì

Pit-bué tsih-tsiam ha̍p-it

Ho-sian siá-tshut tsit-ê tông-tsì ê phue-sìn

Siá-tshut hù-hōo-lâng ê lı̍k-sú gōng-gín-á

Siá-tshut sin-ga̍k-hú

    Bí-tshik thiò bô-kè tshinn-tshài iā pháinn-buē

    Tshī-ti liáu pún-tsînn ke ah tsió-lâng bué

    Thàn-tsia̍h hui-khuìnn-ua̍h tsìng-tsoh tsóng kan-lân kè

Kuann-thiann tok-tshiok-ân lȧp-suè iū tsioh-tsè

………

Jit-tī sî-tāi gōo-tsȧp nî tsit-kuè

Tâi-uân ê kok-gí uānn tsò Pak-kiann-uē

Tuì jit-gí kàu huâ-gí

Tâi-uân-lâng hōo gí-giân bú kah puànn-sió-sí

Gí-giân tsiàn-tsing iū koh khí

Sió-suat-ka kah Tâi-gí bûn kàu-siū

Kong-khai tiûnn-sóo hōo-siōng lâi huah-hiu

Tâi-uân ì-sik án-tsuánn ē-tàng kiat-kui-kiû

Hô-á-sian lí nā ū-lîng-sìng

Tshiánn-lí kín-lâi huah-siann

Tâi-uân-kok tsiah sī lán ē tsiànn-miâ

Tâi-uân-kua hó miâ-siann koh tshiā-iānn

Tâi-gí-bûn tȧk-ke ài kah thiànn miā-miā

Tâi-gí-si tȧk-ke ài phah-piànn-siá

Hô-á-sian gún tȧk-ke tuè lí kiânn

Uī-tiȯh kan-tsî-hn̂g hó-miâ-siann

Kóng tiȯh Tâi-gí-si siūnn-khí Hôo-á-sian ê

Siunn-si-kua kah siunn-si

Tsîng-si tshiong-muá tiȯh tshim-tshim Tâi-uân-bī

Uī-tiȯh lōo-kiàn-put-phîng khí-sìng-tē

Phah-phuà kua-á-tiāu ê tshit-lī-si

Ūn-iōng Tâi-gí tsiat-tsàu sann gōo tshit lī

Siá-tshut lông-bîn-iâu ê kua-si

Uī Tâi-uân-lâng mā Jit-pún tshut-khuì

Lâng lâng tshing-hoo-i

Tâi-uân sin-bûn-hȧk-tsi-hū Luâ hô sian-sean

◎ Tshim-kinn iā-tsīng ê pak-mñg-ke

Tuì kóo-tsá ê pak-mñg kiânn thàu tshī-á-bué

Tsit tiâu-lōo ê nñg-pîng ū gōo ê kak-thâu

Pak-mñg-kháu tik-bih-ke tiong-ke-á

Tsóo-biō-á tshī-á-bué ū tsit-kù-uē

Khiām-tñg neh-tōo ah-sí sì-hok-hōo

Kóng-tshut ngiâ má-tsóo piànn tshia-iānn ê tsîng-hing

Muí ê kak-thâu lóng su-lâng-m̄-sū-tīn

Sū-tīn tiȯh pháinn khuànn bīn

Hô-á-sian ê tàu-lāu-jia̍t sió-suat

Kì-lȯk tiȯh lâng ài bīn-phuê ê hun-tsing

Gín-á tāi jiá-khí tuā-lâng tāi

Sit-tsāi sī bô ì-gī ê kīng-tsing

Muí-tsit-pái ngiâ má-tsó

Hô-á-sian tiānn-tiānn tuā siann kóng

Tsit-ê sî-tāi kiù-sí to bô sî-kan

Iáu ū îng lōng-huì kim-tsînn

Ngiâ tshâ-thâu kiânn ke-lōo

Sîn nā sī ū lîng-siànn

Tsá tiȯh tsiong Ji̍t-pún-lâng kuánn-tñg--khì

Tsit-má iáu tiàm Tâi-uân iāu-bú-iông-ui

Ngiâ má-tsóo ê ua̍h-tōng kuè-khì

Tshī-ke hue-hȯk phîng-siông-sî ê sing-ua̍h

Luā-hô-i-kuán í-king kuinn-mñg

Tshī-á-bué tī-tsūn-tsūn líng-hong tiong

Tshim-kinn iā-tsīng tshinn mā khì-khùn

Bô-îng kui-kang ê Hô-á-sian

Tsin-thiám jip-bîn tsiūnn bāng-ah

Phuà-pīnn ê huān-tsiá lâi khà-mñg

In kiánn Luā-tsin kóng sian--ê khùn-khì loh

Huān-tsiá tsí hó uānn pát-king pīnn-īnn

Tsit-kiānn tāi-tsì Hô-á-sian tsai-iánn

Tsin siū-khì tuì Luā-sin kóng-khí

Phuà-pīnn bô-huat-tōo kíng sî-kan

Sann-kinn pàunn-mî i-sing lóng ài tsiap-siū

Tsū hit-àm khí pak-mñg-ke Luā Hô i-kuán

Bô-hun mî iảh jit suî-sî khuànn-tsín i-pīnn

Hô-á-sian piàn-sîng Tsiong-huà-má-tsóo

Mî liân Jit tsiàu-kòo tiȯh Tsiong-huà-siânn ê lâng

◎ Bûn-hȧk tài-tōng Tsiong-huà

Tsiong-huà-tshī muí-nî gōo-guȧh lī-tsȧp-peh jit

Tshī-tiúnn Khu Kiàn-hù huat-pòo tsò-tshī-tīng Luā-hô-jit

Uī-tiȯh kì-liām lí uī Tâi-uân phah-piànn ê kuè-khì

Uī-tiȯh tshim-jip liáu-kái lí uī Tâi-uân siá ê si

Thàu-kuè Hô-á-sian ê si tshuā-tiȯh tshī-bîn khì sàm-pōo

Kiânn-kuè pak-kuà-suann tíng

Kám-siū kē khì-ap ê suann-tíng

Si-tsîng pī ap-pik sim-tsîng líng líng líng

Kiânn-kuè âng-môo-tsínn kah put-nóo-tsuân

Tȧk-ke ím-suí-su-guân

Hit tsit-nî lí kah Tâi-uân ê iú-tsì

Tsuí-guâ-tē tshiùnn-tshut Tâi-uân bîn-tsú ê kua

Hit tsit-nî tshuā-lí ê kiánn-jî

Khì kuà-suann un-tsuânn sé sim-kuann

Kuè-khì ê tāi-tsì piàn-sîng tsit-tiānn tsit-tiānn

Kòo-sū thuân hōo lán ê āu-tāi

Gún iōng lí ê bûn-ha̍k tsok-phín

Huàn-tshínn Tâi-uân-lâng ê ì-tsì

Kiânn-kàu tshī tiong-sim ê kuan-im-tîng

Phah-khui puànn-suànn biō-mn̂g ê khai-huà-sī

Gún ē Kóng Lîm-sian-sinn sī sàn-tshiah-lâng

Tsing kong-lí tuì thâu-ke tsì-sià thó tsû-pi

Thâu-ke í tsînn lâi lūn tsîng-lí

Tsháu-tē ê sàn-tshiah-lâng ài bōng-tē

Kāng-khuán ài iōng-tsînn nā-bô si-thé khǹg lōo-pinn

Lim-sian-sinn tsin siū-khì kah thâu-ke kik-khì

Tsiong thâu-lōo lâi-sî uī sàn-tshiah ai-ka siá kò-tsīg

Kàu síng-siânn ê gê-mn̂g phah kuann-si

Tú-tio̍h tshin-tshiūnn khit-tsiah ê gâu-lâng

Àm-sī i siá kò-tsn̄g ──

　　Senn-lâng bô-lōo，sí-lâng bô-thóo

　　Bo̍k-iûnn bô poo，king-gû bô-tsháu

Tsuè-āu lîm-sian-sinn thó-huê kong-lí

Tse tiō sī siān-siōng ê lâng ê kóo-sū

Hô-á-sian siá kóo-sū pōo-hūn biō-ú tiûnn-kíng

Āu-tāi tha̍k sió-suat liáu-kái jit-tī sî-tāi ê Tsiong-huà

　　觀音亭，恰在市中心，

　　三穿進入兩廊去，

　　兩邊排滿了賣點心的擔頭，

鹹　甜　飽　巧
中庭是恰好的講古場
大殿頂又是相命先生的桌子
鄉董局亦設置這……

Tsit-khuán ê sió-suat pí lik-sú khah tsin-sit

Gún thak lí ê sió-suat liáu-kái kuè-khì

Gún thak lí ê si liáu-kái kong-lí kah tsìng-gī

Gún thak lí ê si tsai-iánn thian-bûn kah tē-lí

Gún iōng lí-ê bûn-hak tài tōng Tsiong-huà

Tsai kuè-khì hiòng-tsîng-kiânn liām kua-si

Hū-khí Tâi-uân-lâng ê tsik-līm kah tō-gī

Sió-suat tiong ū lîn-tsîng-sè-kòo ê sian-ki

Tshin-tshiūnn lí-ê lōng-bān guā-kì

Tsiong Jit-kíng tàn-loh khe-á-pinn

Iū Tâi-uân-lâng tàu sìnn-miā ê lôo-muâ

Huat-lut kíng-tshat khng tsit-pinn

Tsáu-tshuē Tâi-uân-lâng ê thinn-nî

Lí siá ê hit-phinn siânn

Sī lán tē-hng ê kòo-sū

Huat-sing tī tang-siânn-mn̂g kah Khóng-tsú-biō pinn

Kóng tsō siânn-mn̂g ê tshù-bī tāi-tsì

Khí siânn-mn̂g tsuí-khut ín-lâi tsiong-huà-báng

Hù-hōo-lâng khit-tsiah-siùnn ê kóo-sū

Kóng tsō ké-suann kái tē-lí hong-suí ê iù-tì

Kóng bāng-á hiat tsóo-gāi Tsiong-huà-siânn ê huat-tián

Kóng sūn-suà phah Tsiong-hua ê tián-kòo

Kóng suann-thâu bô tsú-hong bô tshut-thâu-lâng

Hōo Tsiong-huà-lâng pàng liō kiáu-sua buē tsò-tui

Kóng sìng-biō luî-khí Tāi-sîng-tiān

Kuí khàu bîng-lûn-tông ê iau-kuài

Tuì m̄-sìn kuí-sîn ê khóng-tsú

Sī-tsit-tsióng kám-kak bû-ti ê kuài-kî

Tshim-jip bîn-sim ê bê-sìn

Sī bîn-tsú siā-huē tsìn-pōo ê tsóo-gāi

Siânn hōo hiō-puè tsin-tsē khé-sī

Kòo-sū tiong tshuē-tshut bû-ti ê kuè-khì

lí-ê bûn-hàk ū ko-sióng ê ì-gī

◎ Luā Hô sian-senn kah tsok-ka Iûnn Kuî

It-kiú-it-kiú thuè-tshut lông-bîn tsoo-tsit ê

Iûnn Kuî jīn-sik tiòh Tsiong-huà ê Hô-á-sian

Tián-khui ê Tâi-uân sin-bûn-hàk ê lōo

It-kiú-sam-sù nî Hô-á-sian tsí-tō

Iûnn Kuî siá-tsok thui-tsiàn kàu Tâi-uân sin-bûn–pò

Huat-piáu ê sin-bûn-phuè-tàt-hu tsài-tshù

Khan-ting Tang-kiann ê bûn-hàk phîng-lūn

Tē-jī-miâ Iûnn Kuî

Piàn-sîng tē-it uī thiàu-tsiūnn

Jit-pún bûn-tuânn Tâi-uân tsok-ka

Āu--lâi khan-ting tī jiòk-sió bîn-tsòk sió-suat suán

Hô-á-sian kám-tōng kah lâu bàk-sái

Hô-á-sian siong-tong tin-sioh lîn-tsâi

Hô-á-sian siūnn-tiòh Tâi-uân bîn-tsok ê jiòk-sió

Siūnn-tiòh Tâi-uân ê kuè-khì bàk-sái pué buē-lī

Iûnn Kuî tsit ê pit-miâ sī Hô-á-sian hōo-i

Āu--lâi Iûnn Kuî tui-suî tiòh Hô-á-sian

Kiânn-jip bûn-hȧk kah siā-huē ūn-tōng ê lōo-tô

Ū-tsit-tuānn sî-kan Iûnn Kuî kah Iȧp-tô

Tsoo-tshù tī tshī-á-bué ê hāng-á-té

Tsit-king kū-kū ê tsháu-tshù

Tsiap-siū Hô-á-sian ê tsiàu-kòo

Iûnn Kuî tiānn-tiānn khì Hô-á-sian tsín-sóo

Khuànn pòo-tsuá phàu-tê lūn sî-tsìng

Khuànn tsȧp-tsì kóng tsìng-tī siá-kua-si

Iûnn Kuî sin-thé nā bô sóng-khuài

Hô-á-sian ê thiann-tsín-khì tiòh tshun kuè--khì

Uī Iûnn Kuî khuànn-pīnn tsiȧh-iòh koh bián-tsînn

Tsin-sī tsit-uī bô-kè-kàu tsînn ê

Hó sian-senn lîn-tō tsú-gī ê bîng-i

Iûnn Kuî tsāi-sennsî liām-liām put-bōng i

Siūnn-khí Hô-á-sian bȧk-sái-lâu bȧk-sái-tih

◎ Kíng-tshat-sú lí--ê jit-kì

It-kiú-sù-it nî Tsài-pîng-iûnn tsiàn-tsing

Tē-jī-pái ê jip-gȧk

Bô-iân-bô-kòo Hô-á-sian hōo khu-liû

Tī Tsiong-huà kíng-tshat-sú siá tiòh gȧk-tiong jit-kì

Tsit-kang ê jit-kì kái-siá sann-hâng-si

Kíng-tshat tsāi-tshú tán sann gōo jit

Jip kann-pâng tsē tē-pán siūnn beh khùn
Thâu tsit-mî hun-hun-tîm-tîm kàu thinn-kng
Tē-jī-jit io̍k-kio̍k-sing Kok-ing sàng tsá-tǹg
Pài-thok Tsíng-siōng-iūnn-tíng（井上樣）hiòng tíng-si
tshíng-kiû
Tsún-gún khuànn-tsheh tsit-kang tī iu-tshiû tiong tōo-kuè

Tē-sì-jit iá-koh thâu-hun náu-tiùnn
Pī huâi-gî ê tāi-tsì sé tshing-pe̍h
Kî-tsāi tsá-jit huê-ho̍k tsū-iû sin

Tē-gōo-jit Kî-tsāi pī sik-huê
Tshì tshīng buē-á tiâu-tsíng thuân-ho̍k
Hi-bāng bô kàu-uī sit-bāng lâi siong-suî

Tē-la̍k-jit iōng bāng siūnn an-uì ka-kī
Siūnn khí tshin-lâng ê tshiò-siann
Tsha̍k-jip iu-tshiû kah ut-tsut ê sim-tn̂g

Tē-tshit-jit pah-puann bô-khó-nāi-hô tiong
Thiann-tio̍h Tshuà Ûn-phîng kik-kut-uē huat-tshiò
Pī kàm-sī-guân tîng-hua̍t thè i tshíng-kiû

Tē-peh-jit jit-iánn se-tshiâ tsuán-liām tha̍k sim-king
Kàm-sī-guân àm-sî tsiong pâng-king tsiūnn-só
Tshuì-ta âu-khuah lik liō to sui nōo kiông-lím

Tē-káu-jit siūnn-khí sann-tē tn̂g-khuì sî

Sim-siong-pi ngóo-āu Lí Kim-tshàn tshàn tshut-gȧk
Kìng ka-siōng guá lāi-sim ê pi-siong

Tē-tsȧp-jit iȯh-kiȯk-sing tsuí-huat lâi thȯh sann
Tiong-tàu thiann tiȯh iù-tī-hn̂g gín-á tshiò-siann
Siàu-liām siáu-lú tshái-tsí sim-tso-tso

Tē-tsȧp-it-jit tsa-àm iû-guân iā-tn̂g bāng-tsē
Thȧk siáu-jî-kho-hȧk buē-sái kái guá lāi-sim pi-siong
Tsē-kú kám-kak io-sng puē-thiànn

Tē-tsȧp-jī-jit tsím-thâu siōng huat-hiān tshàu-thâng
Iau-kiû iû ka-lāi thȯh lâi Tô Ian-bîng-tsip
Jit-lîn tông-huà tsìng-tshik sian-kak tsiá bô tông-ì

Tē-tsȧp-sann-jit Lí Bān-tsàn tshut-kann
Ngóo-āu thȧk sim-king hòng-hā i-liâu su-tsik
Lú-lî khuànn put-kiàn ngóo í-uî ngóo í sí-khì?

Tē-tsȧp-sì-jit thȧk sim-king khah huann-hí
Mî liân jit hōo mî-mî pi-siong bû tsuȧt-kî
Si-uȧt tsuè khóo siau lâi bāng bê-lî tsóng put-sîng

Tē-tsȧp-gōo-jit tōo-jit ná-nî tshim-kenn lân-kuè
Ngóo pn̄g thâu-hîn bȧk-àm bī-kak put-kam
Kann-tiong Ting Ūn-sian hȧk-sing khí iú put-liông su-sióng

Tē-tsȧp-lȧk-jit siūnn-kàu sí khì ê sann-tē hiân-phóo

Hiō-hué i-liâu siōng ê khó-lîng ū kuè-sit
Thák sim-king bōng-sióng siau-iâu ting kik-lók

Tē-tsáp-tshit-jit guá bô lô-tōng bô siu-jip
Tsè-bū ē tsiong ka-tîng ap phuà-biát
Si-uát ka tsiong phuà-biát sin iû hē tshiû-Khóo thūn-sim kái-
thuat-lân

Tē-tsáp-peh-jit nî-lāi bô tshut-gák tshin-tshiūnn sī bô-kî
Tshīng tuì-khim-sann ū Tâi-uân tsing-sîn siū tsin-tsē tiau-lân
Bô siūnn-tiòh tshīng-sann iā ē tshut būn-tê

Tē-tsáp-káu-jit bāng-kìnn tú-tiòh Tiong-khìng-sian
gú-tiòh Tsiam A-tshuan kah Khóo Píng-ûn
Bāng-tiong lîng-tsih-lân khui-hue hue-gí siánn-mih àm-sī

Tē-jī-tsáp-jit uī tiòh sìnn-miā kiông-thun uî-thann-bíng
Siūnn-tiòh pē-bú iu-tshiû bó-kiánn huân-ló
Khóo-tshóo tshi-liâng tsiūnn sim-thâu

Tē-jī-tsáp-it-jit tshiú bâ-pì tuā-khuì tshuán-buē lī
Iū siūnn-khí sann-tē ê-sí
Khún-kiû ko-tíng tsú-jīm tsún-guá khuànn-tseh

Tē-jī-tsáp-jī-jit sim-tsōng thiàu-buē-lī tam-sim
Kiap-sim-tsìng hiông-hiông lâi siáu-sú-á thau-kóng
Bîn-á-tsài guá ē-tàng tshut-khì puàn-sìn puàn-gî

Tē-jī-tsáp-sann-jit sim-thâu ū-sū khùn-buē-khì
Siáu-sú-á ê uē tshin-tshiūnn tsióh-thâu
Tàn jip ôo-té khí liân-î

Tē-jī-tsáp-sì-jit tsa-hng iû-guân khùn buē-khì
Kin-á-jit sim-tsîng pîng-tsīng un-sip kū-tseh
Tsheh-tiong ê luē-iông lóng buē-kì

Tē-jī-tsáp-gōo-jit kua-siann muá-siânn sim-put-ngōo
Koo-tông iu-lū kiánn-jî ē ka-kè
Àm-àm lâu tióh pi-siong ê bák-sái

Tē-jī-tsáp-lák-jit liân-siók-kiok ê bāng
Jit-jit-iā-iā lóng-sī bāng
Tshit-tshiūnn ūn-miā hí-lāng-lâng

Tē-jī-tsáp-tshit-jit àm-mî tsin-tñg kiann sit-bîn
Ke-kang kiò-siann hōo gún bák-kim-kim
Tsit-jit bô thák-tsheh lâng gōng-sîn

Tē-jī-tsáp-peh-jit Jit-kun tsiàm-niá Manila
Kî-thāi sik-hòng koh sit-bōng
Thang-guā bîng-guéh iū-koh tà oo-hûn

Tē-jī-tsáp-káu-jit mñg guá kah Ong Tsùn-bîng ê kuan-hē
Mñg guá tse siā-huē ū siánn put-phîng put-buán
Tsih phah-kat kóng buē tshut-tshuì

Tē-sann-tsàp-jit　in-uī put-buán bô huê-tap
Sóo-í　sit-thài　ín lâi siōng-si ê put-buán
Tshù-lāi　koh thê-jip Hōng-kong-thuân ê būn-tê

Tē-sann-tsàp-it-jit　tn̄g khí tsá sik-hòng ê liām-thâu
Put-jip tē-gàk put-sîng-hut　jip tē-gàk nái kuí-siû
Tē-tsōng phôo-sat hô tē si hut-lik

Tē-sann-tsàp-jī-jit　guá uī tsuán-iūnn tsiah bô-lōo-iōng
Kóng buē-tshut it-hiòng ê put-buán kah put-phîng
Tsí-ū huah-thinn buē-ìn　kiò-tē bô-lîng

Tē-sann-tsàp-sann-jit　khuànn lâng tshut-gàk sim-tsîng-bái
Hiòng Tân Huàn-tsiong kiû-kiù mā hiòng Iū-lîn thó-kiù-ping
Âng Giòk-lîn jip-lâi m̄-tsai huān siánn-mih-tsuē

Tēa-sann-tsàp-sì-jit　Ting Lú-sing kah Phuann Iūnn tshiong-tùt
Kòo-tsip ê Ting Lú m̄-guān lòh-nńg
Thok kong-i-tî-tiân　pang guá tsín-tuàn sim-kuì

Tē-sann-tsàp-gōo-jit　thang-guā hōo sé khì hi-bāng
Hong-tshe iā-líng iu-tshiû sim lân-kuè
Guá jip-gàk í-āu tsiah sìn-thian

Tē-sann-tsàp-làk-jit　iau-kiû kah ko-tíng tsú-jîm biān-tâm
Put-tsún　put-tsún　put-tsún　Tsiu Iūnn tāi-khún
Tiong-tàu-tǹg ka-lîn ka-tshài　tsing-ka gún pi-ai

Tē-sann-tsȧp-tshit-jit Khìng-Gû-sian Tî-tian kong-i
Uī-guá tsín-pīnn kiap-sim-tsìng bān-it
Sim-tsōng bâ-pì sià-kuá ka-sū lû uî-giân

Tē-sann-tsȧp-peh-jit sî-kiȯk tsȧp-tsì bī-tò
Siong-sim Khìng-Gû-sian uī-guá tsù-siā
Tih-lȯh kuí-liȧp lâm-sìng ê bȧk-sái

Tē-sann-tsȧp-káu-jit tsa-iā nňg-tiám kut-thâu
Bâ-pì m̄-tsai ē tàng-khuànn tuā-sî-tāi uân-sîng
Tsit-jit í-king tsù-siā nňg-huê

Hô-á-sian siá tiàm uē-sing-tsuá pit-kì-phōo
Khu-liû jit-kì kiàn-tsìng Jit-tī sî

Tâi-uân lâng sit-khì tsū iû ê jit-tsí
Liáu-kái Hô-á-sian gȧk-tiong ê sim-tsîng
Iu-tshiû bô-nāi siong-pi

◎ I–kuán guā-kháu tshiū-kha kóng tsiân-tsìn

Hiong-tshin tuì gún kóng Hô-á-sian
I-kuán thâu-tsîng ū tsit tsâng tshiū-á
Tiānn-tiānn hioh tsit-kuá tshài-huàn tànn-thâu
Thó-lūn tiȯh bȯt-tsu khiàm-khuat sing-uȧh pháinn-kuè
Kóng tiȯh siu-sîng khiàm-khueh jit-tsí pháinn-tōo
Kám-thàn buē-sin tsò lôo-lē tsiân-tôo tsīn-gōo
Hô-á-sian làng-phāng ê sî lâi tshap tsit-kha

Kah peh-sìng tī thinn-pinn mā hông-tè
Kóng-thinn kóng-tē kóng-kuân khóng-kē
Khai-káng tio̍h liáu-kái bîn-kan thòng-khóo
Kóng-senn--ê khióng-pòo sí--ê khóo-tshóo
Kóng Tâi-uân lâng khai-kiânn ê lōo
Pûn-tio̍h kian-kiông ê lá-pah
Kóo-lē bîn-tsiòng tsing tsū-iû ê tsìn-hîng-khik

It-kiú-jī-tshit-nî Tâi-uân bûn-huà-hia̍p-huē
Tsiânn-tsò tsó-phài ê bûn-huà hia̍p-huē
Iū-phài ê bîn-tsiòng-tóng
Hô-á-sian tam-sim lik-liōng ē hun-suànn
Siá-tio̍h tī oo-sik àm-mî
Hiann-tī tsiân-tsìn ê kòo-sū
Hōo sî-tāi bú-tshin pàng-sat ê gín-á
Ka-kī bô liáu-kái lâi-lik
Tsîng-lâng-kiánn koh siū āu-bó khóo-to̍k
Hô-á-sian iōng sio-khǹg ê kháu-khì
Nn̄g-uī tông-pau tshut-sì ê hiann-tī
Ing-kai hô-hó sio-hû sio-tshî
Buē-sái tī oo-àm-tiong khuànn-bô-lōo
m̄-kuán hōo-tsuí lo̍h guā-tshoo
Sio-tsiàu-kòo kiânn-tshut ka-kī ê tsiân-tôo
I-kóng oo-àm ê lo̍h-hōo-mî
It-tshè ná tshin-tshiūnn tī sí-bia̍t lāi-té
Tsí-ū hong-sian-senn ê uì-būn
Tsí-ū hōo sió-tsiá ê hó-ì
Ha̍p-tsàu uī hiann-tī lú-tôo tsik-bo̍k ga̍k-khik

Khe-tsuí mā lâi tsàn-siann tàu-tīn-kiânn
Hōo-tsuí lȯh buē-suah oo-àm-mî

Hô-á-sian sī oo-àm-mî tiong ê
Lá-pah-tshiú pûn-tiȯh tsiân-tsìn ê tā-ti
Tsò lán bîn-tsìng ê tsiân-hong
Iōng si-kua kah sió-suat thȯh-tshínn tāi-tsiòng
Kà-lán buē-sái koh bê-sìn
Kà-lán tsù-tiōng khuân-kíng ê uē-sing
Kà-lán tsò-lâng ài ū tsū-tsun
Tsáu-tshuē Tâi-uân-lâng ê kong-bîng

Uī-tiȯh beh thuân-tȧt Hô-á-sian ê
Lîn-tsû kong-lí kah tsìng-gī
Siàu-liām uī Tâi-uân-lâng hùn-tàu ê kuè-khì
Tī Tsiong-huà-tshī ê jip-kháu tsò tsit-ê piau-tsì
Lāu-hô Tsiân-tsìn bûn-hȧk tē-piau
Gōo-nî í-āu līng-guā tsit-ê tsip-tsìng-tsiá
Î-tsáu bûn-hȧk tsiong-huà ê piau-thâu
Khǹg-tī pak-kuà-suann tíng ê tuā-hȯt āu
Tsu-kuàn ê tsō-hîng lâi piàn-hîng
Siat-kè-tsiá Tân kàu-siū sim-tsîng lóng buē-tshing
Uī tsham-kuan ê lâng-kheh sueh hun-bîng
Suî-jiân î-khì pak-kuà-suann tíng
Tsiânn-tsò bûn-hȧk ê lōo thiam tsit-kíng
Tē-piau piàn-sîng tuā-hȯt ê hun-lîng
Tuā-tshiū-kha gún lóng siông-sè kóng tsit-tuānn-tsîng

◎ Han-tsî –hñg ê jit-thâu-kng

Kuè-khì Tâi-uân ê tshân-hñg
Tsìng tsin-tsē kam-tsià kah han-tsî
Kam-tsià hōo huē-siā tshìn-tshái pōng
Tâi-uân-lâng kám tsin-tsiànn gōng ?
Iàh-sī sann-kha-káu luān-luān-tsông
Han-tsî lóng-sī leh tshī-ti
Bô lîn-tsîng ê ti káu tsing-senn
Tī Tâi-uân pah guā-nî
Tâi-uân-lâng bô ka-kī ê thinn-nî

Jit-tī-sî Hô-á-sian sī lán ê jit-thâu kng
Uī Tâi-uân ê sàn-tshiah-lâng piànn sann-tìg
M̄-kiann suann-pang tē-lih ok-sè-lik
Jit-pún-lâng m̄-tsún han-tsî-hñg
Kìnn-tiòh jit-thâu-kng
Han-tsî tsù-tiānn kuè-tiòh lôo-lē ê jit-tsí
Té-té ê gōo-tsàp-nî jit-thâu-kng
Kuinn-jip khóo-lô Tâi-uân piàn kah oo-sô-sô
Káu-khì ti-lâi ê jit-tsí
Gún mā koh kè-siòk siá tiòh khóo-tsîng-si
M̄-tsai beh khóo kàu tang-sî
Tsiah-ē tshut-thâu-thinn

jī.

Muî-kuì-hue

—Hiàn hōo tsok-ka Iûnn-kuî

Hit-luí tsioh-thâu teh bô sí--ê

Iá muî-kuì khui-tiàm

Tuā-tōo-suann-phiânn tsin-suí

Ū tsap-jī nî ê sî-kan

Tsìm-tī huè-sio-tó ê hái-tí

Siá-tioh lik-tó ka-su

Ta-pa-nî ê tshìng-siann kah huih-liah

Hit-tiûnn khióng-pòo ê ok-bāng

Khui-tshut tí-khòng ê muî-kuì-hue

Sann.

Si-tiat ê bīn-tshiunn
—Si-siá《Lîm Hing-thài si-tsip》

Pueh-tsảp-gōo huè ê si-tiat Lîm Hing-thài
Tsuè-kìn　tshut-pán tsit-pún si-tsip
Tuà-tiỏh　tsit-kûn Tâi-uân si-lîn
Uī-tiỏh　thóo-tē tsú-bîn huah-siann

Siàu-liân ê sî-tsūn tsò-bāng
Khai-sí siá-si　phue-phuànn siā-huē
Ka-jip　Gîn-lîng-huē
Siá-tshut jī-jī-pat ê
Tiat-hảk-ka kah kûn-tsiòng
Siá-tiỏh lâng ê pi-ai
「Tsū-ngóo」　lîn-sìng pi-tshám ê khai-sí
Sit-khì「tsū-góo」　hōo-lâng khan tiỏh pīnn-á kiânn
Siá-tiỏh liảh-lîng ê lâng
Iū-tiỏh hōo tsảih pá ê hó-giảh-lâng　siau hit-lip tuā-tōo
Uī-tiỏh hōo tsiú-ka ê phah-tshiú phah-thong ut-tsut ê huih-lōo
I-leh siūnn iōng tshiú liảh sí sóo ū ê iau-môo kuí-kuài
Si-thiat　siá tsit-phinn pẻh-sik ê si-tsiong
Sàng-hōo si-lîn hó-iú　Tām-sing
Huê-sióng tiỏh kuè-khì　nn̄g-uī si-iú ê kau-óng
Siūnn-tiỏh Tām-sing kah Lóo Sìn sio-kâng ê bīn-tshiunn

Kiàn-kòo hiān-tāi phài lí-lūn ê sî
Tshòng-tsō hong-kíng tiong tshiū-nâ kah pho-lōng

防風林　外邊　還有
防風林　外邊　還有

然而　海以及波的羅列
然而　海以及波的羅列

Bô-ài tui-kiû liû-hîng ê si-tiat
Kóng-tio̍h liû-hîng sī pi-tshám--ê
Tuè-lâng liû-hîng sī tiong-kip ê thian-tsâi
Siàu-siūnn sìnn-miā tiong ê tshun hā tshiu tang
I-kóng a-jia̍t-tài ū puî-puî ê
Jit-thâu kah tsa-bóo kah puî-ti
Si-thiat ê si sī hui tsîng tsi kua
Ūn-iōng oo-kânn pe̍h khì îng-tsō ì-siòng
Ūn-iōng pe̍h-kânn-oo kau-thè tio̍h tsîng-tsiat
Ūn-iōng oo-pit-tsiam khì biâu-siá sè-kài
Kuat-tīng bô-ài hōo oo-pe̍h hun buē-tshing

Lám-tio̍h bí-lē ê Formosa
I-kóng hiān-tāi kah hiong-thóo pīng-bô tshiong-tu̍t
I-siá sing-ua̍h kóng lâng ê hi-guī kah ké-bīn
Kì-lo̍k tshia-hō kau-thong sū-kiânn ê khióng-pòo
Tshian-tshiu phue-phîng phîng-lūn ka ê bô tsú-kiàn
Siá sí-ti tìn-tiam ê thái-ko-káu

Ūn-iōng lâu-thui kóng hit tsiah káu
Tsí-siūnn it-tit luā tī-hia
M̄-tsiūnn iā m̄-lòh
It-phî thian-hā bô lān-sū ê thái-ko-káu
Lāu-kuài-siù huân-sit tiòh tsí-siòk í ka-kī ê tsit-kûn

Tsiàh-lāu phuà-pīnn ê sî-tsūn
I-siá nn̄g-ê a-kong ê kòo-sū
Piáu-hiān gín-á ê khó-ài
Lāu-lâng ê tsû-pi bô sik-sāi ê nn̄g-ê lāu-lâng
Kiōng-tông khan-tiòh tsit-ê gín-á
Khan-tshut siā-huē ê hô-hâi
Si-tsip bué-tshiú siá-tshut kòo-hiong ê kì-tî
Tshân-inn iàh-á thōo-kâu
Hún-tsiáu tsuí-ke tsuí-gû
Tshù-tsiáu-á siann siâm siânn hong-siann
Lâng-lâng tshing-i Pat-kuà-suann hā ê si-lîn
Formosa ê si-tiat

Sì.

Lí khiâ hái-ang beh khì tó

—Sàng hōo Tōo Tsìng-sìng ê si

Hit-nî lí tsiū-jīm kàu-io̍k-pōo-tiúnn
Gún khuànn tio̍h tsı̍t-uī té-thâu-moo ê tiong-liân lâng
Khiâ hái-ang kiânn-jip han-tsî-hn̂g
Hong-thai tsı̍t-pái tsı̍t-pái tshue kuè--lâi
Lí buē kiann ū khì-phik
Iân-lōo huah Tâi-uân-sim
Tâi-uân hûn

Tsiū-jīm í-lâi lí ê kuann-lōo khám-khám khia̍t-khia̍t
Tsú-tiunn liām kua-tsheh pat Tâi-uân
Kóng bú-gí tiōng jîn-khuân
Gún ài-tha̍k Tâi-uân sam-jī-king
Iōng kua-iâu thuân tshiùnn Tâi-uân lı̍k-sú kah bûn-huà
Thóng-phài muî-thé kóng lí ài ué phīnn-khang
Kóng uē-tâng ū sè-khún
Kám sī leh kóng Tâi-uân-uē ū-to̍k

Uī tio̍h khui-phuà Tâi-uân-lâng ê su-sióng
Lí-tsiong Formosa tē-tô khǹg thán-huâinn
Iōng bô-kâng khuán ê kak-tōo khuànn tó-sū
Tsin-suí hái-ang tó-tiàm tuā-hái-lāi

Hái-ang kah hái-íng bih-sio-tshuē

Phû-phû tîm-tîm ê hái-ang

Tshin-tshiūnn Tâi-uân-lâng bô pîng-tsīng ê miā-ūn

Hit tsit-nî gún tshuā lí khì kiânn

Pat-huà-suann bûn-ha̍k pōo-tō

Uī lí-kóng hông-khe ê bûn-ha̍k tsing-sîn

Phue-phuànn kah khòng-gī

Kóng Luā Hô ê tsit-ki tshìn-á

Kóng Tân Hi-kok pàng-phàu ê sió-suat

Tāi-lîn pí hóo khah tuā-tsiah ê ah-pà

Ia̍p Îng-tsiong hòng-tánn bûn-tsiong piànn-miā-tsiú ê tsing-sîn

Lí-kóng kong-lí kah tsìng-gī tī Tâi-uân

Phóo-sè ê kè-ta̍t buē-sái pàng-buē-kì

Tsit-má lí khiâ tio̍h hái-ang beh khì tó-uī khì

Gōo.

Khe-tsiu ê iûnn-bah-lôo　Khng Guân

—Sia hōo a-ka（kiâu ka-sin）ê phue

Hit tsit-kang Iāu-khiân kià lâi i-me-ô
Kóng lí lī-khui lîn-kan
Khì līng guā tsit-ê sè-kài
Guá leh siūnn tsit-pái
Lí ing-kai tńg-khì lô-tsuí-khe pinn ê tsng-kha
Kah sè-hàn tuè-lí-kiânn ê hit-liȧp guȧh-niû khì--looh

Lí tī lîn-kan siau-sit ê keh nn̄g-kang
Guá kah Bîng-tik hiann khì Hù-san tsiȧh-pn̄g
Tī tshia-tíng tsiap-tiȧh hông-giȯk tshan-thiann láu-Tōo ê tiān-uē
Kóng-lí tsîng kuí kang ū khì i Tâi-pak ê tiàm
Bô siūnn-tiȯh keh bô kuí-kang sió-sió ê kám-mōo
Suah lâi pīnn-piàn sit-khì lí pó-kuì ê sìnn-miā
Tsit-khuán ê siau-sit hōo gún kiann-hiânn kah m̄-kam
Sìnn-miā tsin sī bû-siông
Lîn-sing iā sī bô-nāi
Siánn-lâng mā bô huat-tōo tsiáng-ak ka-kī ê siū-miā

Lán sui-jiân bô tiānn-tiānn tsò-tīn
Lí tiàm tī pak-pōo
Guá khut-siú Tsiong-huà

Gún siâng-siâng tī siōng-khò tiong

Kà ha̍k-sing him-sióng lí ê tso-phín :

Gue̍h-niû tuè guá kiânn

Guá ài pòo-tē-hì

Guá ài im-ga̍k

Té-té koh tshián-tshián ê Tâi-gí-bûn

Tshim-tshim ê kám-tsîng ū Tâi-uân thóo-tē ê khì-bī

Tshàng-tio̍h Tâi-uân-lâng tsû-pi kah thiànn-thàng ê sìng-tsîng

Iuá-koh ū tn̂g-tn̂g ê huâ-gí siáu-suat

Sian-tsháu-ping kà gún tsò-lâng tio̍h ài khiām

Kà gín-á ài uī ka-tîng tsò tāi-tsì

Siá-tshut Lô-tsuí-khe pinn tsng-kha ê tāi-tsì

Hiong-tshin ê sing-ua̍h tsit-lia̍p-bí pah-lia̍p-kuānn

Lông-ka tsú-tē tsua̍t-tuì buē-sái tsia̍h sí-bí

A-ka lán tsuè-āu tsit-pái kiànn-bīn

Sī tī jī-khòng-khòng–pat nî

Tâi-uân bú-gí si-lîn tāi-huē

Tiong-khu Tiong-san-i-ha̍k-tāi-ha̍k ê huē-tiûnn

Huê-kòo tio̍h Tâi-uân si-lōo ê li̍k-sú hong-kíng

Khó-lūn iōng bú-gí siá-si ê tiōng–iàu sìng

Tīnn-kuánn-tiúnn kóng si-kiânn · sî-kiânn siōng liû-hîng

Guá mā iam-ke thàn-hōng pue huat-piáu

Kah-tsú si-tsîng tia̍p luān-hue tsing

Huē-tiûnn siōng guá tshiùnn ka-kī siá ê tâi-gí kua :

Uì phah kan-lo̍k tshiùnn-kah tsìng-tshài ê a-má

Uì tông-tshong tshiùnn kah hái-iûnn ê kua

Khui-tshuì tiòh tshiùnn buē-suah

Ài tshiùnn-kua ê lí thiann kah

Tshiò-bi-bi kám sī leh tshiò tsit uī

Sam-pat hiann-tī tián-tshiú-ki

Iā sī leh tshiò kua-sû tiong siá-tiòh

Lán sè-hàn pháinn-miā ê tāi-tsì

Ki-á-ping kui-tīn suh tsit-ki

Huē-āu lí siog-tsio beh khì lim bih-lù

Guá ū tāi-tsì sing-tńg-khì

Nā-tsai hit-kang sī lán siōng-lòh-bué ê tsit-pái

Guá it-tīng ē puê lí-khì

Puê-lí tuā-pue tuā-pue lim-lòh-khì

Hit-mî lí m̄-tsai ū tsuì-khì ?

Guá m̄-sī ài lim-tsiú

Lán mā sī bô ài-tsuì

Tān-sī tsiú hông ti-kí tshian pue siáu

Lán ài tī tsiú-iàn-tiong kóng-khí

Kuè-khì ê tāi-tsì kóng-khì

Lán bú-gí siū ap-pik ê lik-sú

Sian-hiân uī tsū-iû bîn-tsú kuann-lâu sám-tih

Hōo-siōng kóo-lē uī bú-tshin ê uē

Lâi siá-si siá-tshut Tâi-uân lâng pháinn-miā ê kuè-khì

Siá-tshut Tâi-uân lâng kian-kiông ê ì-tsì

Nî-kí tsiām-tsiam tuā khuì-làt tsiām-tsiām sè

Lán mā uī Tâi-gí-bûn tshim-tshim liâu--lòh-khì

A-ka a-ka a-ka...........

Gún siá tsit-tiunn bô-huat-tōo kià-tshut ê phue lâi-tsioh-mn̄g

Lí m̄-tsai iáu koh ê-kì buē？

Kuí nî-tsîng ū tsit-pái

Lán tī Tâi-tiong kìnn-bīn ê ē –poo sî

Guá khui-tshia tsài lí kah Gôo Sīng tńg-khì Khe-tsiu

Hit-àm lán tī Khe-tsiu iûnn-bah lôo sip tsit-pue

Lí-kóng Khe-tsiu iûnn-bah lôo sìng-kuè

Khe-ôo iûnn-bah tsin tshut-miâ hó miâ-siann

Gún kám-kak tsú-huat bô sio-kâng ka-siōng

Si-lîn pîng-iú tàu-tin tsiảh iûnn-bah khò kám-kak

Tsho bī piàn si-bī

Lim-tsiú ńa lim-tsuí

pîng-iú hó tsò-tui

Hiong-tshin kâng kháu-bī

Hit-àm sàng lí tńg lín-tau

Tú-tiỏh lín tuā-hiann tsiah kóng-khí lín tit-á

Tân Sing tī kua-tuânn ê miâ-siann

Tsiah-tsai lín-tau tsóo-thuân gâu-tshiùnn-kua

Lí-tuì Tâi-uân kua-iâu tshim-jip ê gián-kiù

Sī guá tuè buē-tiỏh ê sîng-tsiū

A-ka siánn-mih sî-tsūn tsiah ê tàng koh khì

Khe-tsiu tsiảh phang-kòng-kòng ê iûnn-bah-lôo

Siánn-mih sî-tsūn tsiah ē-tàng koh kah lí lim-tsiú

Tshiùnn Tâi-gí-kua lâi kái lán lāi-sim ê

Iu-tshiû？

Làk.

Lòk-káng kóo-siânn ê sin-iánn

— Kìng-tō liap-iánn-ka Khóo Tshong-tik

sian-sinn

It-kiú-sam-khòng nî

Lí-lâi kàu lòk-káng

Tsàp-làk huè Camera suî-tiòh sin-khu

Tī tuā-ke sió –hāng sàn-pōo

Liông–san-sī bí-tshī-ke kiú-khiok-hāng

Ngiâ má-tsóo thong káng phóo tsáu-táu-khoo

Siá-tshut huâi-liām lik-sú ê kha-pōo

Tsiàn-āu Tâi-uân tó

Tsìng-tī tām-pòh-á tshoo-lóo

Tâi-uân bûn-huà khiàm lâng tsiàu-kòo

Lí-tiòh iōng siòng-ki siá jit-kì

Kì-lòk jī-lòk hong-huâ ê khuè-khì

Kiànn-thâu siu-tsông sit-lòh ê ke-kíng

Hōo lâng siūnn-khí huâi-liām ê lāu Tâi-uûn

Hit tong-sî lán kāng-khuán tsì-khì

Lí hip-siòng gún siá-jī tsò hué khì

Tsáu-tshuē tn̂g-tn̂g ê oo-khe pinn

Kì lo̍k lán ê lîn-bîn kah thóo-tē

Lí sī sin gún tiō sī-iánn

Tàu-tīn puânn-saunn koh kuè niá

Tsò-hué kiânn-tshut Tâi-uân-lâng ê miâ-siann

Lí-tshuā gún kiânn-kuè tshim-tshim kiú-khiok-hāng

Tsáu-tshuē hāng-lāi ê phah-thih-siann

Bih-kuè sng-tàng ê káu-kàng-hong

Kiânn tī iâu-lîm-ke tíng

Kóng-tio̍h puànn-pinn-tsínn ê kóo-sū

Kiânn-tkàu poo-thâu-ke ê kong-huē-tn̂g

Kóng-tio̍h Tsuân-tsiu-lâng kóng-uē bô sio-kâng

Kóng-tio̍h Si N̂g Khóo tshiah-tsa-bóo

Kóng-tio̍h Liāu Thiam-ting Koo Hián-îng

Kóng-thinn khóng-tē kóng-kuân kóng-kē

Khuànn-tiòh tsit-tiunn tsit-tiunn ê siòng-phìnn
Siūnn-tiòh tsit-bōo tsit-bōo ē khuè-khì
Lȯk-káng pê-lîng-tsûn ê gōo-jı̍t-tseh
Ling-san-sī siōng-guân-mî ngiâ hue-ting
Thian-hiō-kiong sin-tsiann nāu-jia̍t sî
Tuā-ke sió-hāng àm-hóng ê sî
Buē-tàng koh khuànn tiòh lí

Lí lī khui gún ê sin-khu pinn
Kiânn tuì se-hong kik-lȯk sè-kài khì
Tshiánn-lí khuann-khuann-kiânn
Khóo sian-sinn Tshong-tik sī lí ê miâ
Siá-tiòh lȯk-káng ê miâ-siann
Lí ê hîng-iánn kah lȯk-káng ê kóo-siânn
Kâng-miâ

Tshit.
Khuài-lȯk ê tshut-phâng

Hit-tsit-jit gún khiā tī lí ê bīn-tsîng
Tiám tsit-ki phang-hiunn
Iōng pȯeh-kiok-hue pâi-tshut tām-tām ai-siong ê tuânn tiong-ng
Ū-lí giȧh-tiȯh kuân-kuân tsiànn-tshiú ê
Siòng-phìnn hiòng tshin-tsiânn pîng-iú kò-piȧt

Tsit-tiunn siòng sī lí kīng-suán ê sî
Khiā-tī ke-thâu-hāng-bué kóng-kò
Khuài-lȯk tshut-phâng ê suan-sè
Uì káng-tâi kiânn-hiòng
Tsìng-tī ê bú-tâi

Tsàu ai-gȧk ê sî
Gún siūnn-khí lí tuì nâ-thinn
Pue-jip lik-tē
Tsiap-kīn ka-kī ē thóo-tē
Uá-tiȯh bîn-tsú-tsìn-pōo ê sìn-ióng

Miā-ūn hì-lāng lí ê tshing-tshun
Kiânn buē-tshut lik-sik ê hāu-hn̄g
Tȧh-tiȯh hún-âng-sik kha-pōo
Tsò tsit-tiûnn tshái-sik ê tshun-bāng kim-jit
Kám-sī khuài-lȯk tshut-phâng ê jit-tsí

Peh.

Pėh-sua-ôo pinn ê sin-iánn

— Si sàng Lîm Bîng-tik kàu-siū kài lîng
thuè-hiu

Lí kiânn-jip pėh-sua-ôo pinn
Tshim-lê Tsiong-huà ê tshân-thôo
Lán tsò-tīn tshuē huê Puànn-suànn ê lîn-bûn hong-huâ
Lán iōng bûn-hák khì tài-tōng Hông-khe ê tsing-sîn
Í Tsáu-ke-á-sian tsò sim-tiong ê sîn

Lí sann-kinn pàunn-mî kiânn-tī hāu-hn̂g
Sûn-sī lōo-ting sī m̄ sī sit-bîn
Khuànn-kòo hāu-hn̂g kah tshan-thiann ê uē-sing
Uī hák-sing tshiánn lâi kok-tē ê sîn-bîng
Tāu-tuā-sè-sè ê tāi-tsì sǹg buē-tshing

Lí ê sin-iánn kiânn-tī Tsiong-huà ê
Tuā-ke sió-hāng tshì-tsiáh liāu-lí kì-lók
Kang-gē-ka ê kang-hu kà gián-kiù-sing
Tī-hák thuân-siū Ông Bōng-oo kàu-siū ê lîng-sìng
Puann-tshut tsit-tshut tsit-tshut Tâi-uân-lâng ê sim-tsîng

jī-khòng-it-khòng nî tsáp-jī guėh jī-tsáp-káu jit

Káu.
Uē-ka

Uē-ka uē-ka uē-ka uē-ka
Uē-suann uē-suí uē-oo uē-pėh
Uē-lâng uē-gû uē-hue uē-tshù
Kóng bueh uē Tâi-uân tshim-tîm ê tsú-thé
Kóng ài-uē lán ê lîn-bîn kah thóo-tē
Uē-tshut tsóo-sian king-tē liâu-khe

Ū tsit-uī「uē」ka
Ài-kóng bîn-tsú ūn-tōng
Khuànn-tiȯh put-kong put-gī i-kóng
Tâi-uân lâng hó-phiàn pháinn-kà lôo-tsâi-á-miā
Lâng huah buē-kiânn kuí-kiò ài-thiann
Ū-ling i-tiȯh kiò a-niâ

Ū tsit-uī uē-ka
Ài-tsiȧh-hun kiam pûn-hong
Lim tiȯh tsiú gâu kik-khong
Tsò-lâng kik-gōng
Kóng bueh uī Formosa tsò gī-kang
Uē-tiong ū-uē
Sik-tshái àm-phue
Má-tiâu phian-tiong ê būn-tê

Tâi-uân lâng bô sìn-sim ài puah-pue
Kóng Tâi-uân Tiong-kok tsit-lâng tsit-ke-tāi
Kong-má suî-lâng-pài kok kah kok óng-lâi

Kóng i-ài uē-gû
I-kóng i-ê-gû tio-tak m̄ jīn-su
I-kóng i-ê-gû sioh thóo-tē koh ài-tshù
I-kóng i-ê-gû khiáu-khì koh tsû-pi
I kóng ài uē-tshut Tâi-uân gû ê tsì-khì
I kóng i-ài uē-tshut siū sit-bîn ê siong-pi

I tsin-tsìànn sī kóng tsin-tsē ê
uē-ka

Tsáp
Tsáu-ke-á-sain ê bák-sái

Hit tsit-kang gún tuì Tâi-tiong tńg--lâi Tsiong-huà
Tī Tiong-san-lōo kah Kim-mé-lōo kháu
Tshuē-bô tsiân-tsìn bûn-hák tē-piau
Oo-sik ê su-kuàn pháng-kìnn-lòo
Tuì Tiong-san-lōo kiânn-jip tshī-á-bué
Kàu tiong-bîn-ke kháu khuànn-tiòh Luā Hô
Ê sin-iánn gún suah lâu-lòh bák-sái
Khuat-siáu bûn-hák sòo-ióng ê thóng-tī-tsiá
I m̄-pat tsáu-ke-á--sian lah ?

Kuè tsit-kang kì-tsiá phah tiān-uē
Mn̄g-gún tsiân-tsìn bûn-hák tē-piau hōo thiah ê
Sim-tsîng gún-kóng i-tsiong bûn-hák ê Tsiong-huà
Khuànn-tsò pháinn-tâng-kū-siah
Tsû-pi ê Tsiong-huà-má-tsóo
Lâu tiòh pi-siong ê
Bák-sái tih-lòh thôo-kha
Khui-tshut tsit-luí tsit-luí Hông-khe tsing-sîn ê
Iá pik hàp hue

Tsi̍p-jī
Sit-tsong ê gue̍h-niû

Tsa̍p-it .
Tshì-á-pi-tsùn
　—Uī tiong-kho tshiúnn lông-tsuí jî-siá

◎ Kuài-tshiú kah muî-kuì

Hit tsit-kang　Tshì-á-pi-tsùn pinn
Khuài-tshiú　thau-thau tsáu kàu lōo-tíng
Khip-ta　tê-bú ê huih-tsuí
Bô-tsîng-bô-gī suh-huih huih-thâng

Tann-thâu　khuànn-thinn　lông-tshuan hū-lîn
Tī bú-tshin-tsiat　tsē-tī tsuí-tsùn pinn
Muî-kuì-hue　khuà-tī
Bô-uē bô-kù ê kuài-tshiú sin-khu

◎ Si-lîn kah si-kue

Si-lîn　hiông-hiông tsē ko-thih lâm-hā
Tshì-á-pi-tsùn pinn　tsiȧh si-kue
Uī hiong-tshin gîm tsit-siú
Bín-lông-si

Tō-ián hiông-hiông lâi tsùn-kau-pinn

Pâi tsit-tshut siú-hōo lông-tsuí ê hì

Hiong-tshin giảh tiỏh tî-thâu kah pùn-ki

Tàu-tīn tshìùnn-tshut bô nāi e tuān-tñg-si

◎ Siunn-si-liâu kah Tshì-á-pi

Buē-tàng koh siunn-si ê

Siunn-si liâu lī-kho í-king bueh tsuán-hîng

Bián-iōng hia tsē tsuí siánn-lâng bueh tâi tsuí--kóng

Tshiúnn-tuảt thóo-tē ê hueh-tsuí

Tiām-tiām tī Tshì-á-pi-tsùn pinn

Sing-tióng ê tiū-á huah-tiỏh

tsuí sī huih khiàm tsuí bô-sì-miā

Bô-tsuí siánn-lâng bueh tshī gún ê kiánn

◎ Kang-ôo tī tó-uī

Kûn-thâu tsing tsiỏh-sai

Luán-jiỏk lú-si-lîn iōng sin-khu

Tòng kuài-tshiú huah-tiỏh

Lik-sú tảh uan Tâi-uân lông-bîn ê kha-tsah-phìann

Hōo kò ê tshì-á-pi-tsùn khàu-tshut

Iōng pẻh-bí tsò tsà-tuânn ê bô-nāi

Tuā-kuann tsē leh lim ka-pi

Gún tiỏh uī tshân-tsuí piànn senn sí

Tsảp-jī.
Kah-tsí si-tsîng

Lảk-tsảp huè í-āu
Thé-tāng phòng kàu káu-tsảp kong-kin
Piàn-sîng tsit-sian mí-lik-hút
Lâng-kóng tóo tuā ki tsâi-ông
Tshin-tsiânn pîng-iú kiò guá ài
Kài tham-tsiảh ke ūn-tōng
Lim pẻh-tsuí kiám-puî piàn-suí

Lảk-tsảp huè í-āu
Khang-khuè khah-tsē niau-moo
Tsông kuè lâi tsáu kuè-khì
Phah-piànn mā sī pué buē-lī
Sè-kan tshau-huân buē liáu ê tāi-tsì
Ná iáu ū îng thang siá-si

Lảk-tsảp huè í-āu
Tsin-tsē sik-sāi lâng lóng tsáu-khì-bih
Pîng-iú tī-hiann khǹg guá
Khang-khuè pàng hōo khì
Kā sî-kan lâu hōo ka-kī
Nā-bô tuā tsiah ti-tu mā thòo bô
Si

Lȧk-tsȧp huè í-āu
Bīn-phuê tsit-jit tsit-jit jiâu
Khuì-lȧt tsit-kang tsit-kang siau
Bān-bān ài lâi ȯh siau-iâu
Jīm-hô tāi-tsì m̄-thang tham
Tsún-tsat ka-kī khuì-lȧt
Tsiah buē sí hàu tsin tshi-tshán

Lȧk-tsȧp huè í-āu
Khuân-lik kim-tsînn ū khah-kāu
Io-kut bān-bān lâi piàn-khiau
Tsiáu-siann nā koh thiann buē-hiáu
Tsì-hiòng tîm-lȯh khì-tsiat iâu
Lîn-sing iáu ū siánn tsâi-tiāu

Lȧk-tsȧp huè í-āu
Tham-jī m̄-thang-lâu
Sik-tshái khuànn hōo thàu
M̄-thang kā káu khuànn tsò kâu
M̄-thang tuè kâu tshia pùn-táu
Nā-bô hó-hó hāu thâi kah sái-lâu

Làk-tsàp huè í-āu

Khiā-tī kuân-kuân ê suann-thâu

Tiām-tiām khuànn khe-tsuí leh lâu

Khe-tsuí ah！

Siánn-mih sî-tsūn tsiah ê lâu kàu

Gún-tau

Làk-tsàp huè í-āu

khiā-tī Lô-tsuí-khe ê tshut-hái-kháu

Khuànn tiòh khe-tsuí leh kap lâu

Iá-tsiáu-tsit-tsiah tsit-tsiah pue hiòng suann-thâu

Háu-siann tshin-tshiūnn leh kóng

Sè-kan pún-lâi tshân bô-kau tsuí bô-lâu

Khuè--khì ê sî kan

Íng-uán buē huê-thâu

Buē huê-thâu

Tsáp-sann.
Biō-sī

Gún sī tiong Tâi-uân
Siōng-kài tuā-king koh hô-huâ ê biō-sī
Uí hua-hua sè-kài tiong
Kak-tshínn sik-háp jit-sî ióng
Sim

Lí-sī Tâi-tiong tshī
Siōng-kài suí ê kim-tsînn thiann
Pà hóo lông piu niau
Àm-sî puê ngóo-sik-lâng siu
Sìng

Tsáp-sì.
sió-muá tê-phang

Sió-muá　hōo-tsuí tiānn-tiānn sio-kuánn

Tsē tī gîn-kiô-kha　hōo suann-khuànn

Phùn-tsiūnn　thinn-tíng ê tshit-tshái tsuí-tsuânn

Tê phang　tsit-suann pue-liáu kuè tsit-suann

Pîng-iú　phàu-tê kah gún sio kau-puê

Tsiáu-tsiah　pue-lâi khenn-kau-pinn sio-tshuē

Suann-phiânn ê iá-hue phīnn-tiòh phang-bī　tsuì-khì

Si-lîn liām-tshut kiann-tōng Lîm-tsiam muī e kù-tāu

Tsáp-gōo.
Siáu-sú tê-huē

Hong tsiām-tsiām tshue hñg-khì
Hûn kha-pōo bān-bān thîng-lóh--lâi
Gún iōng tshing-sim ê tsuânn-tsuí
Phàu tsit-ôo pah-nî A-lí-san tang-phìnn

Tiām-tsīng ê hong kik buē tshut hōo-tsuí
Thài-kik-kôo ê im-iông tiám-sim
Lik-tāu-phòng tsháu-m̄ hút-thô
Tsih-tsiam siap tê phang-tinn lîn-sing tsu-bī

Tsáp-lák.
tshuē-si kuè lân-iâng

M̄-bián káu-uan-tsáp-peh-uat
Tsit-tiâu tit-liù-liù ê tn̂g-á thàng kuè Suat-suann
Gún khuànn-tiòh khuah-bóng-bóng Lân-iâng pîng-guân ê
thinn-tíng
Tsiáu-á tsit-tīn-tsit-tīn pue kuè
Pèh-hûn tsit-luí tsit-luí tshue-kuè
Sap-sap-hōo khuann-khuann-á siak-lòh--khì

Ak-tiàm tshenn lik-lik ê tē-thán tíng
Lòh-kah ik-tsháu piàn tsò nâ-sik ê thinn
Lòh-kah lik-sik phok-lám piàn-sîng Lân-ú-tsiat
Guā-oh-á tshiong-tsuí bāng-hî kah sńg-tsuí
Sip-sip ê sió-hōo-mî
Kāu-kāu ê lîn-tsîng-bī

Lâi tsit-tīn tshuē kám-tōng ê lâng
Lóng siūnn-khang siūnn-phāng beh siá-si-si
Kuan-suann khuànn-tsuí phīnn tsu-bī
Tshàu-tsho-hî pue-jip hî-káng-pinn
Káng-kháu mā-sī tsit-phiàn bô kâng-khuán ê thinn
Hî-huàn buē-tiòh sìnn-miā sng-siap kah kiâm-tinn
Sing-uàh tsóng sī ài kuè-lòh--khì

Tsȧp-tshit.

Sńg-hué ê lâng

　　—Kì Tâi-tiong iā-tiàm hué-tsai

Tshìng-siann tsiām-tsiām tiām-tsīng í-āu
Ní ū oo n̂g sik ê pi-tsîng siânn-tshī
Uī-tiȯh sńg sim-tiong hit-pha tshing-tshun
Tshoo-ióng siàu-liân-ke hué-khì giâ-kuân
Bô-sìn A-la ê hué sio m̄-sit
Bé-lȧt kiông ê hit-liȧp mooh-tah

Giâ-tiȯh hué-pé tsiūnn tshan-thiann siù-tshut
Bí-lē ê sin-iánn kah kua-siann
Tsit-pái koh tsit-pái
Tī tiān-sī-ki ê uē-bīn hiàn-sin
Bô siūnn tiȯh ín-hué tsiūnn-sin suah sio
Ka-kī ê tshuì-tshiu

Tsa̍p-pueh
Tsing

Niáu
Uī-tio̍h
Tsia̍h　tsit-bué-hî
Bông

Lîn
Uī-tio̍h
Tsâi　piànn senn piànn
sí

Tsåp-káu

Pah-kó-suann si nng-tê

◎ Ông-lâi tshân

Phah-piànn king tshut pah-kó-suann

Ông-lâi tshân ū sûn-sûn ê ài

Tsiåh tsit-tshuì 34D pēh-bah-pau phuè-tiåh

Tsin-kì hó-lóh-âu ê ti-bah-soo

Ông-lâi tshân   ōng-ōng-lâi

Phang phang phang ê bah-soo sī Soo-phok-sū ê

Tshiú lōo-tshài ti-kha kah gû-pâi

Tshiánn tåk-ke tshiåh-khuànn-māi

◎ ōo-suànn-tsîng

ōo-á-hiòh înn-înn-înn
Iū-gún jia ji̍t-thâu
ōo-á-hiòh tshinn tshinn tshinn
Uī-gún   tòng-hōo-tih

Tsi̍t-nî jia liáu koh tsi̍t-nî
Hong-hong ú-ú kuè sann-kinn
ōo-suànn ū tsîng koh ū-gī
Puê gún tōo-kuè sàn-tshiah ê gín-á sî

Jī-tsa̍p.
Gio̍k-san

Ji̍t-thâu khng íng-uán tsiò-tio̍h
Bīn-bah pe̍h-phau-phau iu-mī-mī
Thinn-kng hûn bū uī lí se-tsng

Suann-tshing-tshing tē-lîng-lîng
Khuànn-tio̍h lí sim-kuann-tshing
Tshinn-tshuì suann-thâu hó kong-kíng

Gio̍k-san lí ê ài
Thinn-tíng pue-lo̍h--lâi
lí-sī Formosa ê tsóo-lîng

Jī-tsáp-it.
muâ-ínn-thng

Uì Tsiàu-an kàu Lê-thâu-tiàm
Muâ-ínn-pô-á tshuē-tiòh
Sin kòo-hiong tsú hó-tsiàh ê muâ-ínn
Uī pì-kiat ê lâng thong tuā-tn̂g
Uī tshau-lô ê lâng kàng hué-khì
Ū-lâng uī-i lâi siá-si

Hó-tsiàh ê muâ-ínn
Tài tām-pòh lîn-sing khó-bī
Lām-tūn tshân-hn̂g tsìng muá ê si-tsîng muâ-ínn
Ting-hiunn-hî han-tsî tsham muâ-ínn hó-liāu-lí
Ku-lu ku-lu lim-lòh--khì
Tàk-ke o-ló tak-tsih

Jī-tsa̍p-jī.
sit-tsong ê gue̍h-niû

Tiong-tshiu ê àm-mî gún tán-thāi
Gue̍h-piánn kah bûn-tàn-iû
Hong-thai tsin iau-siū
Thiah-phuà gún ê siū
Tshiúnn-tsáu gún-ê bûn-tàn-iû

Tiong-tshiu ê àm-mî gún kî-thāi
Kui-ke-hué lâi thuân-înn
Āu-hong tuā-kiô suah tn̄g--khì
Khe-á-tsuí bô ba̍k-tsiu
Gue̍h-niû pua̍h-jip khe-té buē huah-hiu

Tiong-tshiu ê àm-mî gún ai-tshiû
Gue̍h-piánn m̄-tsia̍h koh tn̄g-niû
Ka-tîng thuân-înn bián siàu-siūnn
Tshuē-bô sit-tsong ê gue̍h-niû
Sit-tsong ê gue̍h-niû

jī-tsảp-sann.
Tiảp-luân-hue

Miā-tiong tsù-tiann

Tshái-hue

Phang

Tsit-tsâng tshái liáu koh tsit-tsâng

Jī-tsàp-sì
Gōng-sun-á ê tiān-uē

Hōo bîn-bāng kiann-tshínn ê gōng-sun-á
Iòk-un bàk-sái lâu bàk-sái tih
Tshá kui-mî tshá beh khuànn i-sing
I-ê lāu-bú phiàn kui-mî
Phiàn kah tuā-liàp-kuānn sè liàp-kuānn tshàp-tshàp-tih

Hōo bîn-bāng kiann-tshínn ê gōng-sun-á
Iòk-un sann-kinn puànn-mî khàu buē-suah
Tshá beh phah tiān-uē tńg-lâi Tâi-uân hōo a-má
I-ê lāu-pē mñg-i
Phah tiān-uē hōo a-má ū siánn-tāi-tsì

Iòk-un bàk-sái lâu bàk-sái tih
tshá kui-mî tshá beh khuànn i-sing
Tshá beh tshuē a-má tshá beh
Kiò i-sing kā i uānn thâu-náu
Tsiah buē koh tsò ū môo-kuí ê bîn-bāng

Tsin-kú bô thiann tióh gōng-sun ê tiān-uē

In a-má tshiò kah tshuì-á lih-sai-sai

Gún mn̄g In a-má sī siann tāi-tsì

I-kóng Santiago ê gōng-sun-á

Iók-un tsò ok-bāng tshá beh-khì kiò i-sing uānn thâu-náu

Uē kóng iáu buē liáu in a-má bák-sái suah liàn--lóh--lâi

Jī-tsáp-gōo
Sik-tshái

Siàu-liân sî ài tī nâ-sik tsuí-tiong ȯh siû
Hái-íng tsit-pho koh tsit-pho kún-ká
Tsò lâng gún mā tsin tsiànn un-sûn
Tuā-íng ik-kuè--lâi
Gún huah hiu
Jit-thâu tshiah-iānn-iānn
Suî-lâng kòo sènn-miā

Tiong-liân āu gún tī lik-sik tshâ-hn̂g tsìng-tsoh
Hong-thai tsit-pái koh tsit-pái
Gún tsai-iánn hong-thâu khiā hōo tsāi
Bián-kiann hong-bué tsò hong-thai
Siong-sìn ka-kī ê tsì-khì
Gún tsai-iánn kut-lȧt tsiȧh-lȧt
Pîn-tuānn thun tshuì-nuā

Lȧk-tsȧp huè í-āu
Gún bô-ài hua-hua ê sè-kài
Gún bô-ài piàn-huà bô-siông ê sik-tshái
Pȅh-sik ê kún-tsuí gún siōng-ài
Liû-lōng ê pȅh-hûn tsū-iû kah tsū-tsāi
Sik-tshái ê siūnn-huat mā bô-ài

Jī-tsàp-làk
Kóng-tiûnn

Tī tsū-iû ê kóng-tiûnn
Pān tsit tiûnn song-lé
Ai tsū-iû sí-bông
Thàn bîn-tsú tò-thuè
Tī kóng-tiûnn ê tsū-iû

Gún khuànn-tiòh tsuan-tsè ê im-hûn
Khàm-tī Tâi-uân ê thinn-tíng
Iānn-iānn-pue m̄-guān lî-khui

Âng-môo thôo tiânn huat-tshut--lâi-ê
Iá-tsháu-m̄ iōng sènn-miā kong-tsè
Oo-hoo lîn-khuân hōo kíng-kùn phah--sì
Tâi-uân-tsi-siann hōo kiòk-tiúnn siau-im

Tsū-iû ê kóng-tiûnn
Lîn-bîn sit-khì tsū-iû
Sènn-miā sit-khì lîn-khuân
Tâi-uân sit-khì tsú-khuân
Tsè-pài Tiong-kok bô-thí ê lîng-hûn

Jī-tshit.
Huê-hiong

Tsit-tiâu-lōo thàng pat-kuà-suann
Tsû-pi ê hut-tsóo tshiò-bún-bún
Pat-kuà tâi-tē ê suann-lūn
Hōo-gún siūnn-khí kòo-hiong ê un-tshûn

Tsit-tiâu-lōo thàng Ông-kíng
Káng-pinn hit-tsō kuân-kuân ê ting
Uī pîng-iú tī-hiann lâi tsiò-bîng
Hiong-tshin jiat-tsîng gún m̄-kiann hái-hong líng

Tsit-tiâu-lōo thàng Khe-tsiu
Siūnn-khí kòo-hiong san-bîng tsuí-siù
Siā-thâu pat-á kah jī-tsuí péh-iū
Kái-kuat siūnn-tshù ê iu-tshiû

Tsit-tiâu-lōo thàng Poo-sim
Póh-tsiú lâi-tò lâi-lim
Kan-tsit-pue ták-ke piàn kâng-sim
Tsiong-huà-lâng tshin-tsiânn pîng-iú siōng ū-tshin

Jī-tsáp-pueh.
Ún-ki ê iá-hue

Tham-luân tiòh suann-suí
Tham-luân tiòh tsuí-tinn
Tham-luân tiòh hong ê phang-bī
Puann-jip Lân-iâng ê san-lîm
Ún-ki

Uī-tiòh tsáu-tshuē gín-á sî-tāi ê bāng
Tsò tsit-ê puànn-guéh-hîng ê tsuí-tî
Tsìng tsit-phiàn iáh-á-hue sàng hōo
Sim-tiong ê se-si
Muí-jit hiáng-siū ài-tsîng ê tsu-bī

Jī-tsàp-káu.
Jit-guàt-thâm ê tsîng-kua

Jit-thâu ê kng，guèh-niû ê tsîng
Phû-tiàm Jit-guàt-thâm ê bīn-tíng
San-tshing-tsuí-bîng，Jit-guàt-thâm hó-kong-kíng
Sái-tsûn jip-thâm sim-kuann-tshing
Lâm-tâu hiong-tshin siōng jiàt-tsîng

Pèh-pèh ê hûn，tshinn-tshinn ê tshiū
Tsiáu-tsiah pue-kuè suann-bué-liu
Jit-guàt-thâm ê koo-niû　siōng un-jiû
Ing-thô-tshuì，tshiò-bi-bi
Thâm-tsuí-bàk，kim-sih-sih

Tshun-thinn ê sî，tshiū-á-hiòh tshinn
Tshiu-thinn ê sî，guèh-niû siōng-înn
Gún tiānn-tiānn lâi thâm-pinn
Liām-tshut bí-lē ê kua-si
Koo-niû　koo-niû gún kah lí-lí

Sann-tsáp.
Hî-hué-tsiat

Tiám-tsit ki-hun suh tsit-tshuì
Tshin-tshiuun suh-jip tsit-pho-tsit-pho ê hái-íng

Tòo tsit kháu-khuì hiòng thinn-tíng
Pûn-tshut tsit-luí tsit-luí ut-tsut oo-hûn

Ông-king hái-huānn jit-thâi tsiām-tsiām lóh-khì
Ting-thah pinn âng-tshiū-nâ péh-līng-si
Jit-thâu phák-sán ô-bîn tshuán-tuā-khuì
Hî-hué piàn sîng ian-hué
Ták-ni lóng tshiùnn póo-phuà「bāng」

Ông-king-káng ke hî-hué-tsiat lâng kheh lâng
Hî-bîn piànn-hái-íng bô khin-sang

Kiâm-tsuí phuà-bīn ū-tsiáh bô-sīn
Siánn-kóng hué-tuā m̄-kiann tshâ tshinn

Sann-tsȧp-it.
Má-tsóo-hî

Má-tsóo-hî khiáu-khì koh tsû-pi
Tiàm-tī Lȯk-káng ê hái-pinn
Iû-kuè-lâi siû-kuè-khì

Pâi-hái-thûn pâi-hái-thûn lâng lóng tshing-hoo lí hái-ti
Khuànn-tiȯh-lí tsin hok-khì
Gín-á hó io-tshī lāu-lâng tsiȧh pah-jī

Phû-phû-tîm-tîm ê hái-íng tshin-tsiūnn bû-siông ê lîn-sing
Lí ê hîng-iánn ū lîng-sìng pó-pì Tâi-uân hiòng-tsiân hîng
Tâi-uân-lâng m̄-kiann hong-hōo kah tuā-íng

Tsip-Sann
街頭巷尾的詩情

Sann-tsa̍p-jī.
Tsiong-huà ê kua

Tsiong-huà kóo-tsá kiò Puànn-suànn
Tang-pîng tsit-lia̍p Pat-kuà-suann
Tsiáu-tsiah pue-lâi tsia tsò-phuānn
Tshī-lāi kóo-tsik ū-kàu tsē
Ū-lâng tshing-hoo lán Hông-khe

Iong-tsìng guân-nî siat kuān-tī
Kuan-im-tîng sī tē-it-sī
Khóng-biō suî āu lâi kiàn-tì
Siat-su-lip-kàu Tiong-huà-tshī
Tsénn-tsuí tshing-liâng bô tè-pí
Sing-ua̍h an-hô kiam lo̍k-lī

Hu̍t-tsóo tsē tiàm Pat-kuà-suann
Tīng-tsē-bōng-iûnn hài bô-huānn
Iû-kheh tsit-thuann koh tsit-thuann
Bah-uân tsit-uánn koh tsit-uánn
Bí-lē kíng-tì tsiânn hó-khuànn
Tuā-hu̍t íng-uán buē koo-tuann

Lâm-mn̂g ê biō Má-tsóo-king
Se-mn̂g tiúnn-ló Lân-i-sing

Tuì-lán Tâi-uân tsiânn ū-tsîng
Tshiat-hu-tsi-ài lâi kiàn-tsìng
Pak-mûg i-sing Hô-á-sian
Khòng-Jit lóng mā tsáu tāi-sing

Sian-bîn lâu-huih koh lâu-kuānn
It-bī khòng-Jit Pat-kuà-suann
Hô-sian tshuā-thâu tuā-siannn huah
Ngóo sing put-hīng uî hû-siû
Ióng-sū tong uī gī tàu-tsing
Uī-tiòh Bîn-tsú lâi hi-sing

Tsiong-huà ê lâng ū tsìng-gī
Ióng-khì tshiūnn suann bô-tè-pí
Si-lîn lóng mā ū kut-khì
Siū-pik siá tshut tuān-tîg-si
Tsò-lâng tiòh ài kóng gī-khì
Jiàt-sim kuan-huâi lán hiong-lí

Tsóo-sian ê huih lán ê kuānn
King khe-poo kah khui hng-san
Lâu tē kiánn-sun lâi senn-thuànn
Kám-liām sian-tsóo lâu huih-kuānn
Hong-lòk-tîng siōng tshiùnn suann-kua
Hiàp-lik phah-piànn uī Tsiong-huà

Sann-tsȧp-sann.
Bah-uân

Înn înn înn ê bah-uân
Khiū khiū khiū hó-tsiȧh-khuán
Hún hún hún ê phuê pau-tiȯh
Tànn-thâu sann-tē-lâng ê sing-uȧh king-giām

Lāi-ānn ū thuí-bah tik-sún kah nñg-lîn hiunn-koo
Pak-mñg-kháu tuā-tik-uî bîn-khuân-tshī-á sió-se-hāng
Lóng ū tíng-káng hó miâ-siann
Ē-káng siōng tshut-miâ ê Tsiong-huà bah-uân

Sann-tsảp-sì.
Khòng-bah-pn̄g

Tsıt-uánn sio-thn̄g-thn̄g ê pẻh-bí-pn̄g
Tsıt-tè puî-nńg-puî-nńg sam-tsân khòng-bah
Phang-kòng-kòng kòng-kòng-phang
Tsiảh-liáu hōo-lâng siūnn tshit-tang

Tsiảh khòng-bah ke tam-pỏh tshài-kah
Nn̄g-tè tshài-thâu iảh kam-lâm
Lâi tsıt-uánn hî-uân sún-á-thng
Khòng-bah-pn̄g tsiảh-pá khì Pat-kuà-suann sńg

Sann-tsa̍p-gōo.
Tànn-á-mī

Kóo-tsá buē-mī ê tànn-thâu
Tsit-má thàn-tsî khí iûnn-lâu
Niau-tshú-mī ham-á-mī oo-bah-mī mī-suànn-kinn
Tī Tsiong-huà-tsām khiā-khí kuí-pah-nî

Gû-bah-mī liâng-mī ti-kha-mī tuā-mī-kinn
Mī-suànn-kôo khan-kinn lo̍h-tsuí tshàng-tsuí-bī
Khuann-khuann-tsia̍h bān-bān-á phīnn
Hiáng-siū tànn-á-mī ê hóo-tsu-bī

Sann-tsa̍p-la̍k.
Tinn-bi̍t ê tsu-bī

Ōo-á-ping liâng-liâng-tinn-tinn
Tsia̍h tsit-tshuì sim-liâng pî-thóo khui
lí-tsit-tshuì guá-tsit-tshuì
Hiáng-siū kám-tsîng ê hó tsu-bī

Jua̍h-thinn-sî ke-thâu-hāng-bué
Tām-po̍h-á khóo-siap ê âng-tê
Tsin-tsiànn sī tshing-liâng thuè-hué-khì
Lāu-lâng tsia̍h ping ua̍h pah-jī gín-á tsia̍h-ping hó io-tshī

Sann-tsa̍p-tshit.
Muâ-tsî

Tsiong-huà muâ-tsî

Ū kiâm koh ū tinn

Tsia̍h-pá koh tsia̍h-khá

Hó-lo̍h-âu buē liâm tshuì-khí

M̄-bián kuân-kè-tsînn

Tsò tán-lōo siōng sù-sī

Síng-pún to-lī

Sann-tsa̍p-peh.
Tsiong-huà tik-sán

Iáu ē kì-tit Luā Hô uī Tsiong-huà tsè-tsō
Hit-tíng lâng-lâng lóng-tsai ê bûn-ha̍k-bō
I-ê tsok-phín siá-tio̍h Hông-khe ê tsìng-gī
Ū Puànn-suànn li̍k-sú khì-bī ê kuà-suann-sio

Ko-thih ê hué-tshia-thâu tsài-tio̍h
N̂g-kim-sio kok-tsióng Tsiong-huà tik-sán ko-á-piánn
Thî-tiâu thôo-tāu pat-kuà-suann ê ka-pi
Kàu tshin-tsiânn pîng-iú tau

Sann-tsáp-káu.
Gû-ling-ping

khì gîn-hâng-suann tíng khuànn hong-kíng

Jit-thâu tsiò tī gû-kha-tsiah

Thiann siân-siann kah tsiáu-á ê háu-siann

Siunn-si-nâ lāi tshin-tshiūnn Tsiong-huà ê kua-thiann

Tiong-tàu sî gû-ling-ping

Tsit-ki tsiàh liáu koh tsit-ki

Tang-thinn nā-kàu gû-ling-hué-ko hó liāu-lí

Guèh-niu tsiûnn-suann guèh-kng phuānn thinn-tshinn

Siá tshut tsit-siú-tsit-siú ài-tsîng-si

Sì-tsáp.
Uánn-kué

Lâi-kàu Tsiong-huà nā bô tsia̍h
Uánn-kué sim-tsîng tshàu-ta kiam to̍h-hué
Tsāi-lâi-bí tsò uánn-kué tshī-tiûnn-buē

Sann-kinn puànn-mî a-bú tsàu-kha tshue
Gún puê a-bú tshue uánn-kué
Khuànn-tsheh tshue-kué síng tiān-hué

Sì-tsåp-it.
Bah-tsàng

Ṁ-bián gōo-jit-tseh
Bah-tsàng tsiàu-siông tshue phah-piànn-buē
Ānn ū sam-tsân-bah tik-sún thôo-tāu
Hiunn-ko nng-jîn hê-bí

Sio-bah-tsàng--ah sio-bah-tsàng
sè-sè-tāi-tāi påk bah-tsàng
Gún-tau ê bah-tsàng siau buē-lī
Khut-guân bián ka-tshî

Sì-tsàp-jī.
Iû-Lâm-ke

Lâm-mñg ê Má-tsóo-pô--ah Má-tsóo-pô

Siōng-ài iû-ke khì tshit-thô ài tsiàh-ke ài liâu-khe ài uan-ke

Tshut-mñg Tshit-iâ Peh-iâ kiânn tsò-tsîng

Oo-sik līng-kî huah hō-līng

Pò-bé kòng-lô tsáu tāi-sing

Tshian-lí-gán thâu-tsîng lōo-tôo khuànn-siōng-tshing

Sūn-hong-ní thiann-hong thàm-thiann sè-kan-tsîng

Tàk-ke kín-lâi Lâm-iâu-kiong--ah Lâm-iâu-kiong

Kiong-tsîng kiong-āu sñg-hue-ting tiám-kong-bîng

Lâm-iâu-ke-á lâng-kheh sòo bān-tshian

Hó tsiàh ê tànn-thâu sñg buē-tshing

Hó khuànn ê mìh-kiānn suî lán-kíng

Iû Lâm-iâu-ke tàk-ke hó sim-tsîng

Puànn-suànn kóo-siânn hó hong-kíng--ah hó hong-kíng

【導讀】

進入柏拉圖理想國中的詩人
——談康原的《番薯園的日頭光》

曾金承

　　柏拉圖的《理想國》中，將詩人視爲不理性，作品遠離事物的本質，也與眞理有隔閡，所以主張將他們逐出理想國。的確，詩的語言時而風花雪月，時而隱晦難解，尤有走火入魔者，將文字切割拼貼得「玄之又玄」，僅能藉以虛張聲勢，實則無人解會。

　　不過，倘若眞有柏拉圖的理想國，相信他會爲康原開啓大門，延攬其登堂且入室。康原的創作生涯以一九八〇年代爲界；王灝將康原在七〇年代發表的抒情爲主的四本散文集：《星下呢喃》（1970）、《霧谷散記》（1976）、《煙聲》（1978）、《生命的旋律》（1979）稱爲「吟風」歲月；將八〇年代以後轉向現實鄉土文化關懷，自此以後的作品稱爲「采風」。一九八四年春、夏，康原又密集出版了兩本散文集《明亮的眸》與《最後的拜訪》，王灝視之爲「從青春夢土跨向鄉土大地」，「回首看是前塵往事般的青春情懷，向前瞻是前景壯闊的中年沉穩。」[1] 林雙不在《最後的拜訪》的〈序〉

1　王灝：〈從吟風到采風〉，原載《自由日報》，1985年6月21日。後收入康原書中，一是康原著《作家的故鄉》（台北：前衛出版社，1987），頁235-248，此處所引之文在頁241。二是康原著《文學的彰化——彰化縣新文學作家小傳》（彰化：彰化縣立文化中心，1992），頁194-206，此處所引之文在頁200-201。

中也說：「我明顯看出他內在的小宇宙中有台灣，有他鄉土的愛。他要讓讀者朋友了解的，是台灣寶島自古以來的美麗與可愛；他要和讀者朋友分享的，是台灣寶島綿密濃烈的真愛與摯情。」[2] 林愛娥總結前人之說，並明確以一九八四年《最後的拜訪》為康原寫作風格的分界：

> 康原早期的寫作以風花雪月的抒情散文為大宗，及至一九八四年《最後的拜訪》出版後，一改以往的風格開始以土地人民為主，他的自我啟蒙與台灣歷史論述的移轉同步進行，並找到了自己寫作的座標，拾回自己在生長的地理空間裡的歷史感覺，康原開始在所居住的彰化縣境內以田野調查的踏實態度，循著烏溪、彰化平原、八卦山、漢寶村等「地網脈絡」的書寫，企圖書寫在地鄉土史。[3]

康原轉向「地理脈絡」書寫後，關心的層面更加擴大與深入，他寫自然、寫人文、寫歷史，並以文人的關懷貫穿這一切。他在一九九〇年代初期，就確立了自己的文學觀。他說：「文學是透過作者的觀察、想像，以美妙的形式，表達其真摯的情感與深邃的思想，使其具有時代精神與獨特個性，並反映人生、反映社會現實，在社會的遞變之中，表達作者對社會的關懷。」[4] 有了這樣的自覺與抱負，康原在寫作之途像是找到明燈般。

2　林雙不：〈感性的訪問者〉，《最後的拜訪》（台北：號角出版社，1984年），頁4。

3　林愛娥：《康原及其鄉土史書寫之研究》（台中：國立中興大學中國文學研究所碩士論文，2007年），頁1。

4　康原：〈文學與生活〉，《佛門與酒國》（高雄：派色文化出版社，1991），頁8。

從「礦溪精神」到「彰化學」的建構

　　一九九五年，康原自彰化師大附工退休，隨即接任「賴
和紀念館」館長，他對賴和的了解與研究自此才能更爲深入。
筆者曾經問過康原，爲何僅任兩年的館長，他以一貫爽朗的口
氣回答：「綁兩年就已經夠久了，我是一個坐不住的人，整天
困在館長室，艱苦！」的確，自稱「過動老人」的康原，是一
個劍及履及的實踐者，非常適合田野調查與歷史現場重建的工
作，要他從事朝九晚五的工作的確是一大束縛；然而，也因爲
這兩年的館長生涯之束縛，康原得以對賴和有更深入的閱讀與
了解，誠如蕭蕭在〈囡仔歌：台灣新詩的舊田土──細論康原
與彰化新詩的土地哲學〉中所言：「這兩年的經歷使他更深入
瞭解賴和，發願傳揚賴和精神，期望以賴和的精神做爲彰化文
學的精神指標。」同樣的，康原也在《追蹤彰化平原》中提出
了自我期許：

　　　　我已經立定志向，在五十歲以後奉獻給「彰化平
　　原」，爲這塊生我、育我、長我的土地去找尋，找尋祖先
　　留下來的汗漬與血跡，用我的筆去建構土地的歷史，記錄
　　子民的生活。或許寫出來的只是土地上的點點滴滴，但我
　　相信累積許多點可以成爲線，漸漸就可以擴大成一個面。
　　久而久之「彰化平原」的面相就能呈現在鄉親眼前，我們
　　的子孫就不會說：「彰化沒有什麼歷史與人文」而漠視家
　　鄉。[5]

5　康原：《追蹤彰化平原》（台中：晨星出版社，2008年），頁14。

　　五十歲的康原，就是卸任賴和紀念館的年紀，也是他「重獲自由」，可以盡情踩踏於彰化的任何一寸土地，追尋著彰化任何一位先哲的足跡。相信康原的五十歲之志並非偶然而立，應該在八〇年代中期即已醞釀，再經過十年的探索之後，隨著年歲的增長、眼界的拓展，想必建構「彰化學」的藍圖已經成竹於胸了。至於兩年的賴和紀念館館長經歷，剛好可以讓康原近距離「接觸」賴和，使他對「和仔先」有了更深的認識，且這種認識來自感性和理性兩個層面：感性層面從人親土親的鄉土、情感共同體切入，身爲彰化的晚輩，除了敬佩賴和精神之外，因爲血濃於水的同鄉之情愫，也讓康原對賴和有更深的情感與使命感；理性層面自然是屬於文人的自覺與年齡漸長所積累的洞見能力，也是對賴和從閱讀、理解到認同的「學術性」過程。並藉由這種客觀理性的歷史、文學爬梳，康原深知文學不只是文字的傳輸，更不是文獻紀錄的工具，他是一組組植入人心的「密碼」，這些「密碼」足以啓動人們的良知、靈魂，更可以激發勇氣，賴和的文學與人格精神，正是足以啓動台灣人心的「密碼」，康原說：

　　　　一八九五年台灣割讓給日本，日本人以高壓之手段統治台灣，日本人統治五十年之中，素有「台灣魯迅」之稱的台灣新文學之父賴和，其文學作品表達台灣人強烈的反抗精神，深刻揭露日本殖民體制下，台灣所受的政治、經濟的雙重壓迫，透過文學形式來批判社會的陰暗面，譴責統治者的不公不義，形成日治時代抗議文學的局面。賴和強調「文學就是社會的縮影，必須反映時代的精

神。」[6]

　　康原將賴和視爲日治時期台灣抗議精神與文學的代表，而這種抗議精神即爲「礦溪精神」。礦溪精神的源頭遠早於賴和，但賴和卻是這種精神的中繼與中堅。康原極爲重視「礦溪精神」，筆者以爲他一生推行鄉土文學、鄉土文化的精神，有一個重點即是在重現礦溪精神，甚至於可說是推銷礦溪精神。康原主張的「礦溪精神」就是向不公不義抵抗的精神，他說：

　　　　今天，我們要認識歷史上的彰化，不得不先知道三百多年來先輩所樹立的「礦溪精神」，它代表著彰化地區的人文與地方性格。從先民開拓彰化之歷史，可說飽經憂患，歷經滄桑，其披荊斬棘、開拓疆土之精神，永遠是子孫的典範，從抗清運動中的林爽文、陳周全、戴潮春、施九緞等人領銜之戰役；到日治時期彰化地區的新文學作家謝春木、賴和、楊守愚、陳虛谷、王白淵、黃呈聰、王敏川等人，都是反抗不公不義的象徵……文化成為抗暴的主力，是彰化文學的傳統：批判與抗議成為彰化文化的性格。[7]

　　這種歷史文化的性格是一種勇於面對衝突，不願意受到強暴欺凌而勇於抗爭、發聲。我們可以王燈岸的說明作補充：「富民族正義與道德勇氣，把自己的生命當做歷史，祇知價值而不知價錢，能犧牲自己去超度別人，不是壓迫別人而是提高

6　康原：《追蹤彰化平原》（台中：晨星出版社，2008年），頁134-135。
7　康原：〈歷史上的彰化〉，《八卦山文史之旅──礦溪舊情》（彰化：彰化縣立文化中心，1998年），頁9。

自己，爲造福人群而犧牲自己的精神。」[8]

　　康原一直以賴和精神做爲礦溪精神的代表，《詩情畫意彰化城》也是爲了「賴和日」而作，[9] 康原透過本書，向我們推介地景表象之外的深層彰化文化精神，也就是礦溪精神。隨著時空條件的轉移，「礦溪精神」似乎逐漸成爲一個名詞而非動詞了，這種轉變，看在以賴和精神爲導師的康原眼中，自是十分焦慮。然而，解除焦慮的辦法就是以實際作爲解決困擾，很快的，康原找到了方法——建構「彰化學」。建構「彰化學」不僅是消極的取代礦溪精神失落的空白，更是積極的以另一種形式繼承礦溪精神。蕭蕭在〈囡仔歌：台灣新詩的舊田土——細論康原與彰化新詩的土地哲學〉中的第二節「型構彰化學：康原的半生志業」中詳細論述：

　　　　二十世紀九〇年代，康原自己也顯示了十分清晰的文學觀……這時，康原心中開始有著更大的期許，沉浸文學領域多年，深重的使命感促使他熱切推動彰化藝文活動，如：2000年的八卦山文學步道、2003年的文學之門——文學彰化新地標（賴和〈前進〉）、2005年的洪醒夫文學紀念公園，他有著為「彰化學」定型定音的決志與信心。

　　蕭蕭並列舉了五個型構「彰化學」的最原始雛型：

8　　王燈岸：《礦溪一老人》（台北：海王印刷，1980年），頁9。
9　　2010年，彰化市公所訂5月28日爲「賴和日」，隔年並邀請詩人康原、畫家施並錫選定彰化市區的30個景點，以「詩情畫意彰化城」爲題，在彰化市立圖書館作詩畫聯展，展後並將詩圖作品合併出書，書名即《詩情畫意彰化城》（彰化：彰化市公所，2011年）。

第一、人物典範的塑造與論述：蕭蕭說：「自一九八二年康原自費印行《眞摯與激情》以來，康原共有四冊人物典範塑造的書籍，全都圍繞著彰化文學的典範人物而努力。」這四本書分別爲《眞摯與激情》、《作家的故鄉》、《文學的彰化》和《鄉土檔案》，他從不同角度爲作家立傳，有先賢文人如賴和、洪醒夫等人，也有活躍於當代的的吳晟、宋澤萊等人。雖然書名並未針對彰化籍作家而定，且有論及岩上與向陽等人，但絕大多數還是集中論述彰化作家。

第二、歷史事件的還原與評述：康原雖爲文字工作者，但他卻極爲重視圖像與文字的結合，他在《懷念老台灣》的自序〈終戰後的台灣圖像〉中說：「我們知道老照片是一種歷史資料，不管是雜誌上的圖片，或各種家族相片，都是歷史研究的資料，往往都伴存著時代風格，從照片上的服裝式樣、髮型款式，男女老少都顯示出時代、地域之別。因此，自古就有『左圖右史』的說法，足以詮釋照片在歷史研究上的地位。」[10] 二〇〇四年彰化縣文化局在縣境內全面推展「大家來寫村史」的運動。康原更是此計畫委員會的成員之一，因此對於彰化縣推展的「大家來寫村史」所欲傳達的精神、目標，以及實際撰述的寫作方式可謂知之甚詳，康原所親自撰寫的村史《野鳥與花蛤的故鄉——漢寶村的故事》更是具有示範的作用與價值。事實上，他早在《尋找彰化平原》的〈自序〉就曾說：

> 一九四七年十一月二十日，我出生在彰化西南邊的小漁村漢寶園，一九七〇年搬到彰化縣的東北角來定居。

10 康原：〈終戰後的台灣圖像〉，《懷念老台灣》（台北：玉山社，1995年），頁7。

這塊生我、育我、養我的土地，卻令我感到陌生，從小學校沒有教故鄉的歷史、地理與人文，還禁止說這塊土地上的語言，產生對土地上的人與事，漠不關心，還排斥台灣的事物。卻對中國的河山、歷史事件背得很熟，知道中國的黃河，卻不知彰化的「賴河」（賴和之原名）；對遙遠的中國充滿幻想，對台灣卻有「近廟欺神」的心理。[11]

第三、地理天文的觀測與敘述：蕭蕭說：「康原書寫一條河的生命史，一塊平原的歷史情懷、豐富圖像，比起史書中地理誌的書寫更具臨場感，更有生命活力，更富於文學價值，」他又說：「康原曾出版三部重要書籍，堪稱是建構『彰化學』的地理書寫中極具典範之作：《尋找烏溪》、《尋找彰化平原》、《烏溪的交響樂章》。」康原在二〇〇八年再出版《追蹤彰化平原》，而形成了四部著作。這四部著作書名雖以地理為主，但實際上都是「人文地理」探索，將土地與人民（作家、藝術家）的關係和這片大地之母緊密的繫連在一起。另外，蕭蕭認為康原在「天文志」方面未能著墨，實為可惜。然而康原的寫作重點原本即著重於土地、歷史與人文的現實關懷面，「天文志」本非其專長，更非其所關注者，無所著墨，本屬正常。

第四、風土器物的採集與記述：蕭蕭說：「彰化風土器物的採集是建構彰化學重要的一環，什麼樣的水土會孕育什麼樣的人，什麼樣的物產會醞釀什麼樣的文化，全靠風土器物去舉證、去呈現。康原深知歷史的長廊裡不能缺少實物的展示。」

---

11 康原著，許蒼澤、蔡滄龍攝影：《尋找彰化平原》（台北：常民文化，1998年），頁9。

康原知道，很多民間器物、景觀早已不復存在，但這些「曾經」存在的風土器物卻能直接訴說先民的歷史與生活，而且很多器物雖然難以言表，但如果「有圖為證」的話，則文字的表述就事半功倍，且更具臨場感與親和度。

　　第五、名勝景觀的探尋與描述：蕭蕭說：「建構彰化學的志業，肇因於愛鄉護土的至情，愛鄉護土的至情，最容易顯現在日常生活中招呼親友觀賞名勝，導覽古蹟。因此，帶領外地親友、鄉里子弟，尋家鄉之幽，探地方之勝，成為康原寫作之餘最大的樂趣，特別是在彰化、員林兩所社區大學講授『台灣文學』、『村史寫作』，課堂上的閱讀、講解，佐以實地的觀察、感受，成為極受歡迎的課程。」康原的名勝導覽著作極豐，計有《八卦山文史之旅──礦溪舊情》（彰化縣文化局，1999）、《彰化縣文化休閒導覽手冊》（彰化縣文化局，1999）、《彰化市之美》（彰化市公所，2000）、《漢寶園之歌》（教育部，2001）、《賴和與八卦山》（教育部，2001）、《彰化半線天》（紅樹林出版社，2003）、《彰化縣地方文物館家族導覽手冊》（彰化縣文化局，2004）、《花田彰化》（文復會策劃‧愛書人出版社，2004）、《彰化孔子廟》（彰化縣文化局，2004）、《詩情畫意彰化城》（彰化市公所，2011）、《港都的心靈律動》（晨星出版社，2013）、《親近作家‧土地與人民》（彰化市公所，2013）等。除了《港都的心靈律動》是寫高雄市的繪畫、影像、音樂、電影、篆刻與雕塑等題材，其他都聚焦於彰化的地方特色。尤其是二〇一〇年的《詩情畫意彰化城》更是精選三十個彰化市地景，由畫家施並錫描摹歷史現場，康原作詩重現歷史的人文精神，更是深度行銷彰化的著作，康原如此定位該書：

……創造地景導覽文本，希望透過圖像與詩情來認識具文化底蘊的彰化。書中除了詩畫之外，編者康原又以〈文學帶動彰化——賴和作品之旅〉一文，從賴和文學作品中，去了解日治時期彰化城的歷史與人文，就像賴和帶著我們去散步的情境。[12]

筆者之所以介紹蕭蕭所列舉的五個型構「彰化學」的最原始雛型，除了肯定康原在建構「彰化學」的用心與洞見之外，更重要的是這五個型構彰化學的雛型，都有著濃厚的「賴和意象」、「賴和影響」或「賴和印象」。

不論是人物典範的塑造，或是歷史事件的還原，還是地理、風土、人情的探索與描述，康原都不會錯過與賴和有關的人、事、物。我個人以為，雖然不能將康原的「賴和學」等同於他所推展的「彰化學」，但賴和在康原的彰化學具有核心地位與傳續之功。關於賴和在康原彰化學的核心地位，已可從他的著作中幾乎言必稱賴和可見其端倪，尤其是在一系列「彰化學叢書」都聚焦於關心彰化土地上的人事物，這種關懷其來有自，康原在《追蹤彰化平原》中，如此簡單定義賴和的地位與貢獻：

> 「世間未許權存在，勇士當為義鬥爭」，
> 說明了賴和抱持著「為義鬥爭」的決心，
> 由賴和筆下的八卦山可以證明，
> 一個偉大的作家，其作品絕對離不開家鄉的土地與人民，

---

12 康原：〈彰化市自然地景與文化景觀的行銷策略〉，收錄於《2011年彰化研究學術研討會》論文集（彰化：彰化縣文化局，2011年），頁76。

同時，站在自己的土地上思考自己的歷史。[13]

　　另外，關於賴和對於彰化學的建立具有傳續的地位，換言之，在康原的認知中，從磺溪精神連接到彰化學的關鍵人物就是賴和。前文所述的磺溪精神是從抗清運動中的林爽文、陳周全、戴潮春、施九緞等人領銜的戰役，到日治時期彰化地區的新文學作家謝春木、賴和等人。而康原正式將賴和的精神連繫到現代的彰化學之主軸。彰化學基本上是繼承磺溪精神，但不能取代磺溪精神，因為磺溪文學精神有強烈的抗議精神與關懷鄉土、人民的懷抱，而彰化學是偏向於鄉土人文關懷與文化的傳承精神，這部分乃繼承自賴和，賴和在一九二六年發表新舊文學比較的文章，提出他對文學語言形式的看法。他認為：「一、新文學運動的目標是在『舌頭與筆尖』的合一；二、舊文學是讀書人的，不屑與民眾為伍；新文學則是以民眾為對象，是大眾文學。」這種與民眾為伍，關懷鄉土正是彰化學所欲闡發的理念。

　　筆者不嫌煩雜論述康原的彰化學與賴和的關係，主要的目的即在於證明康原的主要文學思想與文藝主張是深受賴和影響的，如他在〈走揣和仔先〉中所寫：

一九九五年　阮行入番薯園
做園丁　傳播和仔先的台灣情
伊做上帝　阮做伊的跤架
五十歲立志　講和仔先的代誌[14]

13　康原：《追蹤彰化平原》（台中：晨星出版社，2008年），頁94。
14　康原編著，李桂媚繪圖、郭澄芳攝影：《親近作家‧土地與人民》（彰化：彰化市公所，2013年），頁10。

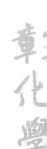

　　一九九五年，康原自彰化師大附工退休，接任賴和紀念館館長；五十歲立志「講和仔先的代誌」也正好和康原自述：「五十歲以後奉獻給『彰化平原』，爲這塊生我、育我、長我的土地去找尋，找尋祖先留下來的汗漬與血跡，用我的筆去建構土地的歷史，記錄子民的生活。」顯然，康原所立下的五十歲志願與接任賴和紀念館館長是有密切關係的，這層關係影響到他寫賴和的事蹟，而將寫賴和的事蹟之志願，擴而大之就是追尋彰化平原上的祖先事蹟與文化，意即爲彰化學的建構。

以詩歌為賴和立傳

　　康原受到賴和的影響是全面性的，其中尤其以詩歌爲最深。誠如蕭蕭所言：

　　　……擔任「賴和紀念館」館長兩年，這兩年的經歷使他更深入瞭解賴和，發願傳揚賴和精神，期望以賴和的精神做為彰化文學的精神指標，在台語詩集《八卦山》的〈自序〉中他坦承：「伊是我敬佩的台灣詩人之一，是我學做人佮文學的典範，伊的精神親像八卦山共一款，永遠記恬我的心肝內。」[15] 換言之，康原有心將賴和與八卦山塑造為彰化人文與自然的兩大象徵，詩集命名為《八卦山》，《八卦山》中收入自己的六十四首台語詩之外，還附錄一詩一文〈彰化媽祖〉、〈台語新詩的奠基者〉，二者皆為賴和而寫，可見康原的企圖心。

15　康原：〈唸詩識土地，唱歌解憂愁〉，《八卦山》（彰化：彰化縣文化局，2001年），頁25-26。

　　《八卦山》為康原第一本詩集，也是台語詩集，本書被選入「磺溪文學獎第九輯──彰化縣作家作品集」，書名來自詩集裡的第一首作品〈八卦山〉。這本詩集中雖然僅有〈彰化媽祖〉一首是為賴和而寫，卻字字擲地有聲。有了良好的初步連結之後，康原再為賴和「以詩立傳」，二〇一三年五月，他在《親近作家·土地與人民》中的第一篇，發表了長約七百行的組詩〈番薯園的日頭光──詩寫台灣新文學之父〉，共計十二首，並收錄於台語詩集《番薯園的日頭光》。這十二首組詩分別為：

　　一、〈走揣和仔先〉：藉詩連結康原與賴和的關係。康原雖不曾親炙過賴和，但詩中透過他的內心「自我對話」，強烈表達孺慕之情與繼承之心，詩中的「走揣」，一方面是追尋、探索賴和的事蹟；另一方面是屬於精神上追求與繼承。本詩列於這組「詩傳」的開端，具有開宗明義的關鍵地位，為後續的詩作確立了目標與動機。

　　二、〈虎山巖到市仔尾〉：如果〈走揣和仔先〉是「楔子」的話，本詩就是俯瞰式的生平概述，透過本詩，可以明瞭賴和的父祖輩如何遷徙、落腳於彰化市。接著介紹賴和受教育的過程，尤其是進入台灣總督府醫學校後受到高木校長影響，成就了他一生醫民、醫國、醫社會、醫文化的人格典範。本詩中，康原將賴和與百年後的社會運動相繫連，舉凡苗栗大埔農地徵收事件、彰化大城的國光石化事件與溪州圳寮的護水抗爭等，以「走揣」或追隨精神的方式，將這些人民自覺，愛鄉護土的抗爭運動與精神，成為賴和的「為義鬥爭」之理念的追隨者。康原在詩中的最後部分寫著：

> 一百年後　少年仔受和仔先的
> 影響　學著親近土地佮人民
> 搖出台灣的生命力
> 搖出和仔先的精神

　　這何嘗不是康原的現身說法，面對賴和，康原有太多的孺慕之情，所以他以追隨賴和精神的「少年仔」自居。

　　三、〈廈門佮鼓浪嶼的旅遊〉：本詩將場景抽離台灣，來到了廈門。廈門對面的鼓浪嶼，賴和曾經在一九一八到一九一九年短暫服務於此地的「博愛醫院」。這個工作對賴和而言是個不愉快的經驗，因爲他此行還必須身負「日華親善」的責任；不過，也因爲此行，他接觸到了中國五四運動的新文化運動，無論是創作的思想或內容，賴和都受到了衝擊與啓發。康原在本詩中，很有技巧的將個人的廈門之旅和賴和的行跡連結在一起，使自己能夠走入賴和文學思想轉變的歷史場域，近百年的歷史時間縱深，似乎在此刻抹平了。

　　四、〈市仔尾的賴和醫館〉：本詩承繼〈廈門佮鼓浪嶼的旅遊〉的時間點，從賴和廿二歲結婚後開始談起，即爲一般人所謂的成家立業。但詩中表現賴和所立的「業」雖然是「醫」，但醫的不只是人病，更是國病，國病包含「不公不義」、「知識不良」等。於是賴和以悲天憫人的心與行爲，替窮人免費看病、爲原住民義務醫療，甚至還致贈「歸個月份的藥仔」，且「閣提車錢　予伊坐車」，這些善行雖然可以幫助少數窮困百姓，但對於數以萬計的台灣人民的國病還是無法有效的醫治。康原在詩中採取了兩層推問的方式：第一層，賴和

給窮困的病患免費醫療，並賒欠醫藥費，且在農曆過年前燒毀「數簿」（帳本），於此似乎已經說明了「和仔先身後家庭困苦　欠人真濟債」；但第二層推問再提出質疑：「看病　生理真好　收入按怎無」？此處真正點出問題之所在，也引出了醫療「國病」主要的方向：

原來　趁錢贊助抗日運動
錢開佇　台灣文化活動

　　如果說第二層推問是醫治民族精神是不為人知的大愛，相對的，醫病不收貧民、弱勢的錢，則是人所推仰的「小愛」。本詩最後語帶批判，措詞強烈：

真濟人感謝伊的慈悲
攏稱呼伊　彰化媽祖
去拜墓的人　滿滿是
墓草煮茶　可醫治病
講起　實在真怪奇
鄉親有人夢著和仔先去
高雄　做城隍爺　蔭外方
亦有廟內的乩童　撋
和仔先的名字來
看病　趁錢　詐欺
這種世間事　真正無天理

　　康原在本詩中刻劃了賴和「醫人」、「醫國」的良醫面相，可惜的是，數百年來的沉痾豈是他一人燃燒短暫五十年生

命的光輝所能照明的。賴和反迷信，但身後卻成了台灣人民迷信的對象，本段可以和後文〈更深夜靜的北門街〉相互參照，容後再敘。本段雖屬評論性質，但本質上還是屬於詩歌，我們還是必須以詩歌的語言和寄託去深入思考，筆者以為，本段在批評、感嘆鄉人的愚昧之餘，依然保有對賴和的敬仰與推崇，從另一個面向可以看出台灣人感恩、不忘本的善良本質。乩童之所以能藉機欺詐，並非單純的由於百姓愚昧與迷信，若非鄉親對賴和有深厚的感情與追念，他們怎麼能藉以斂財？由此也可以窺得賴和在彰化，甚至於全台灣人心目中的地位。

　　從〈市仔尾的賴和醫館〉開始，就進入「多面並舉」的組詩模式。所謂「多面並舉」，就是每首詩陳述賴和的局部面向，最後再由讀者將這些面向聚合成和仔先完整的一生事蹟。如此寫作的方式誠屬特殊，卻可以避免採取時間縱線切割的破碎性，一般傳記多採時間分段，但有些事蹟是屬於一生持續性的行為，以時間為斷點，則容易將這些連續性的行為或觀念硬性切斷、撕裂。另外，這種寫法可以讓讀者有更大的參與空間，一般以時間分段介紹的傳記，讀者都依作品的寫作順序被動理解；而「多面並舉」的方式寫作，讀者必須在閱讀的過程中組合、疊構出傳主的一生完整事蹟，就閱讀者而言，有較大的參與空間和親切感。

　　五、〈太平犬佮亂世民〉：本詩以辜顯榮在一九二三年所留下的「吾人寧為太平犬，莫做亂世人」的「名言」為題，極盡諷刺與心痛之意。辜顯榮自比為犬而享「太平」之利，台灣百姓卻過著毫無地位、尊嚴的生活。本詩藉由「太平犬」扣題，延伸說明台灣人過著不太平、不如犬的生活，並因而爆發二林蔗農事件。秉持磺溪精神的賴和以正義之筆寫出〈覺悟下

的犧牲——寄二林事件戰友〉：

　　覺悟下的犧牲
　　覺悟地提供了犧牲
　　唉，這是多麼難能！
　　他們誠實的接受
　　使這不用酬報的犧牲
　　轉得有多大的光榮！

　　因為覺悟，而必須犧牲，雖不用報酬，但得到的是難以對價的光榮。二林蔗農事件，肇因於二林地區林本源製糖會社甘蔗的收購價格比鄰近的明治製糖等會社還要低，但肥料的供給價格卻比較貴。從這個角度看，林本源家族又何嘗不是另一隻太平犬？康原在詩中引用了「第一戇插甘蔗予會社磅」、「三個保正十八斤」等與台灣蔗糖有關的俗諺，道盡了由台灣人鹹澀的汗水所栽種的甜美甘蔗，背後有數不清的苦與淚。

　　康原在〈太平犬俗亂世民〉中刻意提出賴和對日本人壓榨台灣同胞的憤慨與抗議，並試圖藉由詩歌喚醒台灣人，雖為弱者，但只有覺醒、犧牲才能永不為弱者，他說：

　　弱者的覺醒　毋願看別人的天
　　弱者的犧牲　換著生命的價值
　　有覺悟　才有自己的天
　　有覺醒　才有台灣人的年
　　日本人制定的　法律
　　專門　約束台灣百姓
　　制度　是無道理的約束

　　康原的詩句中，刻意呼應賴和〈覺悟下的犧牲——寄二林事件戰友〉，並衍生覺醒的意義與價值。

　　康原詩中又寫到一九三〇年的霧社事件：

莫那・魯道　帶著個的族民
用性命寫出　南國的哀歌
喝出　兄弟啊！兄弟啊！
拚落去　管伊毒氣　機關銃
拚落去　管伊炸彈佮銃子

　　這段詩句化自賴和針對霧社事件而寫的〈南國哀歌〉，其中一段如下：

兄弟們！來——來！
來和他們一拚！
憑我們有這一身
我們有這雙腕
休怕他毒氣、機關銃！
休怕他飛機、爆裂彈！
來！和他們一拚！
兄弟們！
憑這一身！
憑這雙腕！

　　不過康原隨即將筆鋒轉至「廿一世紀以後」魏德聖所拍攝的《賽德克・巴萊》，藉魏德聖的影像詮釋，將霧社事件的歷史與精神傳遞到世界各角落。在實際面而言，魏德聖未必受到

賴和的影響；但在精神層次而言，他們取得了穿越時空的「共識」。

六、〈爲著語言來戰爭〉：當然，本詩中的戰爭是屬於鄉土文學之論戰，語言文化理念之爭。康原在此詩中，將賴和化身爲台語／母語運動的先知，詩中提出了賴和對台灣語言運動「一破」、「一立」兩大貢獻：破，破除日語、北京話的語言殖民，主張以台灣的語言呈現本體的獨立性；立，提出「我的手寫我的口，舌尖與筆尖合一」的母語文學觀，並以實際的創作證實台語文的優美與親切，以做爲後世的典範。康原在本詩寫出了「和仔先／阮逐家綴汝行」，意爲願意在賴和的領導下，寫出符合賴和主張的台語文學。事實上，康原的文學作品，尤其是詩歌，都有深刻烙著和仔先之烙印記。

七、〈深更夜靜的北門街〉：本詩主要論述有「彰化媽祖」之稱的賴和以良心良術守護彰化鄉親，他所重視的是物質性的民生需求與精神性的民族文化，對於宗教性的狂熱，則是持反對態度。北門街，是「彰化媽祖」賴和醫館之所在，北門街的兩邊，共分五個角頭，稱爲五福戶，分別是：祖廟仔（今長壽街十九號「開基祖廟」一帶）；市仔尾（今長順街口至中山路之間路段）；中街仔（今中正路從民生路至永安街之間路段）；北門口（今中正路從和平路至成功路之間路段，公路局車站附近）；竹蔑街（今中正路與長發街交會路段）。傳說古時五福戶發生瘟疫，村民爲求平安而恭請南瑤媽祖遶境，因而消災解厄，此後每年農曆六月初一至初五相繼輪流迎請媽祖遶境，成爲地方例行盛事。這原本是一般的迎神賽會，但五福戶各自爲了面子，彼此相互競爭，以壓倒其他四福戶爲榮。因

而，康原詩中云：

儉腸凹肚壓死四福戶
講出　迎媽祖拚奢颺的情形
每一個角頭攏輸人毋輸陣
輸陣著歹看面
和仔先的　鬥鬧熱　小說

記錄著　人愛面皮的紛爭
囝仔事惹起大人代
實在是無意義的競爭

　　詩中提到每逢迎媽祖時，賴和都會大聲反對，根據康原在〈半線，走街仔先的故事〉中說：「他的大兒子賴燊還告訴筆者，每年迎媽祖的時候，賴和常告訴信徒說：『媽祖如果有靈聖，早就把日本人趕回去，不會讓這些日本人來欺壓我們台灣人，這是什麼時代了，還有心情迎媽祖。』」康原也將這段文字化成詩句：「迎柴頭　行街路／神　若是有靈聖／早著將日本人趕返去／即馬　抑踮台灣耀武揚威」。

　　詩的最後一段，康原刻意放入一個「深更夜靜的北門街」的故事：有一個深夜，和仔先已入睡，此時正好有病患上門，賴燊請他到別的地方就診。這件事情後來為賴和所知，極為生氣，康原的詩描寫說：

破病　無法度揀時間
三更半暝　醫生攏愛接受
自彼暗起　北門街賴和醫館

無分暝抑日　隨時看診醫病
和仔先　變成彰化媽祖
暝連日　照顧著彰化城的人

　　康原筆下北門街的五福戶為了面子而不惜省吃節用，將財力投入媽祖遶境的活動，求的是虛榮；相對的，北門街尾的賴和，日夜守護著彰化市民的健康，相較於木刻神像的媽祖，活生生的彰化媽祖慈悲是看得見、感受得到。

　　八、〈文學帶動彰化〉：以實地踏查的方式，呼應賴和所寫的故事，詩中寫到許多彰化市的場景，都曾進入賴和的筆下，也是因為賴和的文學作品使得這些古蹟生色不少。前文所說，康原曾經在二〇一〇年的《詩情畫意彰化城》中精選三十個彰化市地景，由畫家施並錫描摹歷史現場，康原作詩重現歷史的人文精神，這樣透過文學使地景更具故事性與親切感，不但可以深入了解鄉土，更能跟上先人的足跡。
　　本詩開端扣緊賴和的「文學帶動彰化」之旨要：

彰化市　每年五月二十八日
市長邱建富　發布做市定賴和日
為著紀念　你為台灣拍拚的過去
為著深入了解　你為台灣人寫的詩
透過和仔先的詩　恁著市民去散步

　　賴和的文學，記載著老彰化的點點滴滴，透過他的詩文，我們可以重新踏遍彰化市，也帶領讀者對彰化有更深入的認識。

　　接著康原於此將賴和的作品，如〈低氣壓的山頂〉、〈善訟人的故事〉、〈浪漫外記〉、〈城〉等擇要入詩，並佐以評論之辭。以下摘錄數段詩句為例，首先取〈低氣壓的山頂〉入詩之處：

　　　行過　　八卦山頂
　　　感受　　低氣壓的山頭
　　　詩情　　被壓迫心情冷　冷冷
　　　行過　　紅毛井佮不老泉
　　　逐家　　飲水閣思源

　　八卦山、紅毛井、不老泉是彰化市的自然風景與人文古蹟，也是賴和親自走過、筆下寫過的名勝。接著詩中描述了小說〈善訟人的故事〉之情境與場景：

　　　拍開　　半線廟門的開化寺
　　　阮會講林先生是散赤人
　　　爭公理　對頭家志舍討慈悲
　　　……
　　　最後　　林先生討回公理
　　　這就是　善訟的人的故事
　　　和仔先寫故事　部分廟宇場景
　　　後代讀小說了解日治時代的彰化

　　故事內容符合賴和「勇士當為義鬥爭」的理念與堅持，小說中的林先生為了窮困的鄉民因土地被富豪所控制而「生人無路，死人無土；牧羊無埔，耕牛無草」，憤而跨海興訟，並為

窮困鄉人討回公理。詩中寫到了開化寺與觀音亭，實際上是同一個歷史場景，康原將兩個名稱並舉的目的，除了可免於重複以致於詩歌單調之外，更可以讓讀者了解此古蹟是一地二名，以免誤以為是兩個地點。

　　本詩最重要的目的是要藉由賴和的文章，帶領我們走進時空隧道，除了領略彰化的地景、古蹟以推廣觀光之外，也引領我們進入賴和文學作品中的抗議精神，從礦溪精神帶動彰化學。所以，本詩雖是著眼於賴和的彰化書寫與精神重現，但更重要的是啟發後人跟追隨賴和的精神繼續向前，誠如康原詩中所言：

> 這款的小說比歷史較真實
> 阮讀你的小說　了解過去
> 阮讀你的詩　了解公理佮正義
> 讀你的詩　知影天文佮地理
> 阮用你的文學　帶動彰化
> 知過去　向前行　唸歌詩
> 負起　台灣人的責任佮道義

　　九、〈賴和先生佮作家楊逵〉：賴和是人道主義者、社會運動家，也是深具民族情感的文學家。在文學方面，賴和提攜後進不餘遺力，因此楊守愚說他是「台灣新文藝園地的開墾者」與「台灣小說界的保母」；醫生文人林衡哲，則尊稱他為「台灣現代文學之父」。

　　「台灣現代文學之父」之稱，絕非僅止於賴和個人創作的影響，更需要有群聚效應的產生，因此提拔人才以壯大文藝革新的群體是賴和所樂為之事。所以他提拔不少台灣本土作家，

如楊逵、吳濁流、王詩琅、王錦江等人。康原在本詩中，專談賴和對楊逵的提攜之情，實乃楊逵對社會問題最為熱衷，作品也富有現實主義與抗議精神，為此還在日治時期入獄十次，其文學與精神、主張，可謂與賴和同道。況且受賴和提攜且可論者繁而詩行不宜多，故藉此一隅以見其大。

本詩開宗明義直指楊逵之文學成就得自賴和的提點，並成為第一位躍上日本文壇的台灣作家，此為楊逵所當歡心鼓舞之事，但康原詩筆，先將楊逵按下，將感動之情轉向和仔先：

> 和仔先　感動甲流目屎
> 和仔先　相當珍惜人才
> 和仔先　想著台灣民族的弱小
> 想著台灣的過去　目屎撥袂離
> 楊逵　這個筆名是和先予伊

康原將楊逵的成就之感動，以賴和的眼淚呈現出來，表現的是和仔先的無私與民族希望的寄託。從這份感動之情，足以表現賴和對台灣文壇的期許與後繼者的高度期待與疼惜。

接著康原寫到楊逵與妻子葉陶困居彰化市時，賴和經常給予照顧，並相互論學、討論時政，「看報紙　泡茶　論時政／看雜誌　講政治　寫歌詩」，短短數句，卻寫得酣暢淋漓，似有知己之樂。但接著如同天外飛來一筆：「楊逵身體　若無爽快／和仔先的聽診器著伸過去」，看似隨性，卻是一種親切的關懷，並表現得自然、不造作。因為如此自然亦師亦友的關心與指導，終於在最後將楊逵的感激之情積累到不得不發的臨界點：

為楊逵看病　食藥閣免錢
真是一位無計較錢的
好先生　人道主義的名醫
楊逵　在生時念念不忘伊
想起和仔先　目屎流目屎滴

以這段詩作結，是恰得其分。因為有「前因」（賴和的多方關懷與指導）的醞釀，才能有如此深切的感動與感激，如果這段詩句早些出現，則不免流於矯情。

十、〈警察署裡的日記〉：這應該是本組詩中最難寫的一首，一共三十九篇的日記，化為三十九段的詩句，姑且不論如何引人入勝，光是如何避免流於流水帳，就是一大考驗。寫這樣的詩，猶如走鋼索，輕快走到繩索的另一端，將會獲得如雷的掌聲；細步搖擺、驚險而過者，觀眾只會疑惑何以安排此一難題為難自己；如果不幸墜身而下，得到的一片驚呼與遺憾，偶而夾雜幾句揶揄、取笑的批評。此時，讀這首詩，正如康原循著細索緩步而來。

本詩可以呈現出賴和在獄中的六個情緒波動過程，此為日記所述，當可直入內心世界的堅強與脆弱。康原不以聖人的角度，而是以一個面對強權所壓迫的個體描寫賴和。這個個體時而是抗議不公不義的勇士，時而是柔情的父親，時而是重視友情的文人，時而是憂心家計的一家之主，時而是擔心無法見到明天的病人。這一切，使和仔先生命中的真實「畫像」為後人所知，也讓後人覺得他是如此的親切。

第一個段落顯示出身陷囹圄時的不安與期望，期間為第一日到第五日，表現出賴和無端入獄後，對自己清白的自信與面

對未知的不安，從第四、五日的描寫可爲代表：

　　第四日　猶閣頭昏腦脹
　　被懷疑的代誌　洗清白
　　期待　早日回復自由身

　　第五日　期待被釋回
　　試穿襪仔　調整團服
　　希望無到位　失望來相隨

　　第四日還希望能洗清自己都不知道所爲何來的清白，第五日「直等到夜，不見動靜，又陷入於失望之中。」[16]

　　第二個段落呈現初現失望的悲傷，此時人性的脆弱面，落住對家人的眷念與憂思，期間爲第六日到第十一日。康原在詩中表現的是賴和此時的內心落於情感的牽絆而悲傷慌亂，並曾試圖轉移焦點以平服，但卻不能如願。在情感方面，表現得眞實而零碎，如「想起　親人的笑聲」（第六日）、「想起三弟斷氣時」（第九日）、「數唸小女彩芷　心糟糟」（第十一日），這些不連貫的想法聚在一起，表現出賴和心中的亂與痛。而這些親情所造成的亂與痛，康原一再以「心」的傷痛給予強化、形容：

　　第六日　用望想安慰家己
　　想起　親人的笑聲
　　刺入　憂愁俗鬱卒的心腸

---

16 賴和著，林瑞明編：《賴和全集三·雜卷》（台北：前衛出版社，2000年）。

……

第九日　想起三弟斷氣時
心傷悲　午後李金燦出獄
更加上我內心的　悲傷

第十日　藥局生水發來提衫
晝　聽著幼稚園囡仔笑聲
數唸小女彩芷　心糟糟

第十一日　昨晚猶原夜長夢濟
讀小兒科學　袂使改我內心悲傷
坐久　感覺腰酸背痛

　　另一方面，賴和是個理性又堅強的人，所以他也曾試圖藉由轉移心念與注意力來化解這種無邊無際的悲傷，所以他「日影西斜轉念讀心經」（第八日）、「讀小兒科學」（第十一日），但卻依然「袂使改我內心悲傷」。康原此處採用對照的方式，表現出賴和試圖以理性化解感性之痛而不可得，藉以強化感情之悲。

　　第三段落呈現在昏沉之中所激發出來的批判精神，期間為第十二日到十八日。這些日子的日記，還是以賴和的昏沉、病體、絕望、自省為主，但康原在詩中，刻意在昏沉之中，強化了批判的精神，似有意表現一個人在昏昧不明之中，所表現出來的反而是內心深處的真實的自我。在本段的首尾兩日，都是以民族自覺留下批判：

第十二日　枕頭上發現臭蟲
要求由家內提來　陶淵明集
日人同化政策　先覺者無同意
　……

第十八日　年內無出獄　親像是無期
穿對襟衫有台灣精神　受真濟刁難
無想著穿衫也會出問題

　　第十二日的詩作，是呈現賴和在〈獄中日記〉中所批判的「內地延長主義」，即是同化政策，賴和記錄了一位「先覺者」反對，康原在此刻意「斷章取義」，顯然是直接將「先覺者」的身分加諸賴和。因為就賴和的民族思想與對台灣的感情，也必然不會認同日本的同化政策；況且寫於獄中的文字，自然處處小心，就算是賴和自己的意見，當然也不能直接書之於日記中。

　　另外關於「穿對襟衫有台灣精神」，賴和在日記中的原文為：

　　我的穿台灣服（對衿衫，唐服），得了真不少的誤解。
　　我自辭了醫院，在彰化開業近二十五年了。我的穿台灣服
　　也是在開業後就穿起來，純然是為著省便利的起見，沒有
　　參合什麼思想在內。

　　就像是批判「內地延長主義」一般，賴和或許真的以對襟衫展現台灣精神，但在監獄環境下所寫的日記必須有所保留，而康原則秉持一貫對賴和精神的肯定，寫下「無想著穿衫也會

出問題」這樣具有評判性的詩句。

第四段從第十九日為轉折，再度轉入悲觀，本段到第二十七日為止。第十九日的日記頗為特別，賴和在獄中鬱悶憂愁，本即無好眠之可能，但他在獄中的日記特別於此日記夢，康原描寫云：

第十九日　夢見　遇著中慶先
遇到　詹阿川合許炳雲
夢中　龍舌蘭開花　花語啥物暗示？

平常我們常言：「日有所思，夜有所夢。」如果單純以夢解析，似乎只是賴和平日對友人的思念與對外在世界的渴求（龍舌蘭開花）而轉成夢境；但是在台灣人的說法，夢境跟現實往往是相反的。康原顯然是暗示後者，除了因為是站在歷史的後端，已知這場悲劇的結果，更是延續賴和的自身悲觀想法而來，他在日記上說：「早飯後，竟有點要寒，頭亦昏濛不清，只是悲慘。」

本日的夢與疑惑，又重新開啟了賴和心中的悲觀因子，自此一連串的「悲」、「疑」與「病」，當然，最主要的就是由「悲」所引起的。這幾天的詩句，呈現的是由疑惑（花語甚麼暗示）而產生的不安與負面想法，甚至是灰暗的思想。詩中的「為性命強吞維他命」（第二十日）、「手麻痺　大氣喘袂離」（第二十一日）、「心臟跳袂離　擔心／狹心症雄雄來」是對自己疾病的擔憂，這種擔憂何嘗不是由疑慮而產生。而疾病也讓賴和產生了悲觀的思想，如「想著　父母憂愁　某子煩惱／苦楚　淒涼上心頭」（第二十日）、「又想起三弟的死」（第二十一日）、「心頭有事睏袂去」（第二十三日）、「高

堂憂慮　兒子的家計／暗暗流著　悲傷的目屎」（第二十五日）、「日日夜夜　攏是空」（第二十六日）、「暗暝真常驚失眠」（第二十七日）。從康原詩中的詮釋，我們可以明白經歷了近二十天的折磨，賴和從期望、抗爭，轉向懷疑、悲觀，這完全是人性受到折磨後的轉折、變化。

　　第五段落呈現心中的悲觀、憂慮後的極度失落與慌亂，期間為第二十八日到三十五日。主要是以訊問的過程引出一連串賴和慌亂、失常的內心世界獨語，一個原本理性、堅強的賴和，在歷經折磨之後，產生的自我否定。

　　第二十九日的訊問，賴和無法回答，使自己陷入不利的處境：

第二十九日　為我佮翁俊明的關係
問我　這社會有啥不平不滿
舌拍結　講袂出喙

第三十日　因為不滿無回答
所以　失態引來上司的不滿
厝內　閣提入奉公團的問題

　　翁俊明是當時反日份子，與賴和是台灣總督府醫學校同學，並由賴和引介加入「復元會」、「台灣文化協會」。因此面對訊問，賴和是有所遲疑的，一時之間的猶豫，使自己的處境更加艱難，而此時，家裡提及加入皇民化的奉公團事宜，雖是權宜之計，但也讓賴和更加矛盾了。康原在此，刻意將賴和的反日（與翁俊明的關係）和屈服日本（加入奉公團）做矛盾性的連接，更能顯示出賴和與家人已是陷入絕境而失了方寸。

　　賴和原本不迷信，但在萬般無奈與無力的慌亂之下，也產生了轉變：

第三十一日　斷去早釋放的念頭
不入地獄不成佛　入地獄乃鬼囚
地藏菩薩　何地失佛力？

第三十二天　我為怎樣這無路用
講袂出一向的不滿合不平
只有喝天袂應　叫地無靈

第三十五日　窗外雨洗去希望
風淒　夜冷　憂愁　心難過
我入獄以後才信天

　　康原的詩中將賴和的「亂」表現於信念的轉變，從不迷信轉而信天、信神，但依然保持一定的理性基礎。

　　第六段走入完全絕望的境地，也是這組詩的結尾，期間為第三十六日到三十九日。本段康原表現出身為醫生的賴和，以其專業的知識做出悲觀的判斷，雖未寫到其絕命之時，但詩言未竟，詩意以明，擇其例如下：

第三十七日　慶牛先　池田公醫
為我診病　狹心症　萬一
心臟麻痺　寫些家事如遺言

第三十九日　昨夜兩點　骨頭

麻痺　毋知也凍看大時代完成
一日已經　注射兩回

　　賴和被捕入獄後，在獄中以粗糙的衛生紙和小記事本
寫日記。前後拘禁五十日，第三十九日後因病情惡化而未再
寫日記。雖然不久後即出獄，但此後疾病纏身，不幸於隔年
（1943）一月三十一日病逝於家中，距他出獄剛滿一年。

　　康原在這首詩中，將賴和化爲一個眞情實感的人，有恐懼
與脆弱，雖顯平凡，但卻更親切，也令人同情。誠如陳芳明對
賴和〈獄中日記〉的評語：

　　　　入獄之後，他根本就不知道自己什麼時候才會出
　　來；在這裡，最人性化的賴和出來了。……賴和先生的確
　　是很勇敢的人，可是他的內心還有另外一面，是一個的平
　　凡的人，他會慌張、會緊張、會恐慌，尤其在戰爭期間他
　　莫名其妙被逮捕，什麼時候會放出來不知道……當我看獄
　　中日記的時候，我很訝異的發現了幾個事實；我覺得他是
　　一個相當有感情的人，當我們說他是『台灣新文學之父』
　　的時候，好像是東方不敗一樣，是很堅強的，怎樣都不會
　　垮掉的人一樣。不是的，這樣是把他神格化了，一個偉大
　　作家被神格化之後，他就不是他本人了，……獄中日記裡
　　的賴和，拉回現實還是一個人，不是神。他在日記裡寫他
　　最掛念的，第一個就是我什麼時候會被釋放出來。……第
　　二個，就是我好想念我的家人喔！他想到家裡還欠人家一
　　筆帳，他想到在日本留學的兒子——就是賴燊先生，他說
　　他想到就會心痛，這是相當人性的，跟一個戰鬥的賴和先
　　生是完全不一樣的形象，那是一個真情流露的平凡男人。

另一個更讓我詫異的是，他讀佛經。在這若有佛教徒或基督教徒，我如果有侵犯的地方請原諒喔！我覺得有苦難才會有宗教，所以你才會訴諸於不知名的神祇，尋找依賴。身為醫生的賴和，在這個時候我覺得他已經有虛無的傾向，他的身體已經出現了變化。他關了五十天，過了一個年，他的日記只寫了三十九天，因為身體衰弱就沒有繼續寫了，但他把心裡的變化描繪出來。每次只要看見有人被釋放出去，他的內心就開始憂愁，然後他就開始讀佛經。我第一次看的時候也嚇一跳，因為受科學訓練的醫生，開始讀佛經，開始追尋不知名的力量。因為苦難是那麼的大，要訴諸宗教尋求心靈的解脫。[17]

的確，康原也將賴和視為仁者、鬥士，但不是神，他在詩中簡要且翔實的反映了〈獄中日記〉中的真實心情，也讓我們見到了人生後期的賴和是如何為了理念而受了這場「莫須有」的牢獄之災，並且摧危他的最後生命，讀之令人心酸、不捨。

十一、〈醫館外口樹跤講前進〉：這是屬於本組詩主題的結論，康原也將自己介入詩中。本詩分三段，共兩個時空，「現在→過去→現在」，康原藉由時空的推遞關係，以聽故事的「劇情式」藉「鄉親」之口，形塑賴和作為開啟民智、鼓勵台灣人民團結向前的領導者之形象。本詩的主體從賴和的〈前進〉和〈希望我們的喇叭手吹奏激勵民眾的進行曲〉，內容是以〈前進〉中的兩兄弟為喻，希望當時分成兩派的「台灣文化協會」能似兄弟齊心在黑暗中前進：

---

17 陳芳明等著：〈賴和隨筆與獄中日記〉，《種子落地：台灣散文專輯》（彰化市：賴和文教基金會，1999年）。

一九二七年台灣文化協會
分成　左派的文化協會
　　　右派的民眾黨
和仔先　擔心力量會分散
寫著　佇烏色暗暝
兄弟　前進的故事
予時代母親放捒的囡仔
家己無了解　來歷
前人困閣受後母苦毒
和仔先　用相勸的口氣
兩位　同胞出世的兄弟
應該和好　相扶　相持
袂使佇烏暗中　看無路

……

和仔先　是烏暗暝中的
喇叭手　噴著前進的答滴
做咱　民眾的前鋒
用詩歌佮小說　提醒大眾

　　透過康原的詩句，可以清晰的理解賴和寫作〈前進〉的苦心與用意，詩中將「文化協會」和「民眾黨」視為同胞兄弟，也是台灣人的象徵；但不幸為生母（中國）所棄，又為繼母（日本）所虐，於是只能兄弟齊心，在險惡的風雨之夜攜手前進，找尋自己的方向。康原的詩雖然有屬於自己的詮釋模式，但也會盡量保留賴和在〈前進〉中的原意與字句，如詩中的雨

夜摸索前進、「只有　風先生的慰問／只有　雨小姐的好意／合奏　為兄弟旅途寂寞樂曲」，巧妙的將賴和的文章精神「內化」於詩中。另外，康原這首詩中的〈前進〉如果是主旋律，那麼〈希望我們的喇叭手吹奏激勵民眾的進行曲〉就是協奏曲了。康原在詩中幾次寫到的喇叭手，都有引領人民前進，啓迪民智的用意，如：「噴著　堅強的喇叭／鼓勵民眾爭自由的進行曲」、「和仔先　是烏暗暝中的／喇叭手　噴著前進的答滴／做咱　民眾的前鋒」，都能適時切入詩中，扣緊詩意並強化詩歌的內容。

最後，再轉回現在，康原將之前為了發揚「礦溪精神」，並建構彰化學而在彰化市立了一個賴和「前進」文學地標；但卻在五年後因政權轉移而被「囷著八卦山頂的大佛後」，康原除了以設計者的惋惜之情表達惋惜之意，更在組詩〈番薯園的日頭光〉第十首〈走街仔先的目屎〉詳述他的不滿與痛心：

　　彼一工　阮對台中轉來彰化
　　佇中山路佮金馬路口
　　揣無　前進文學地標
　　烏色的書卷　紡見嚕
　　對中山路行入市仔尾
　　到中民街口　看著賴和
　　的身影　阮煞留落目屎
　　缺少文學素養的　統治者
　　伊毋捌　走街仔先啦？

　　過一工　記者拍電話
　　問阮　前進文學地標予拆的

心情　阮講伊將文學的彰化
看做　歹銅舊錫
慈悲的彰化媽祖
流著悲傷的
目屎　滴落塗跤
開出一蕊一蕊　磺溪精神的
野　百　合　花

康原並在本詩後寫下註語：

　　　　代表「文學彰化」的賴和前進文學地標，於二〇
一一年六月十三日被彰化縣政府拆除，改放在八卦山上，
好不容易建造一個彰化入口意象的文學地標，被移除了。

　　再回到〈醫館外口樹跤講前進〉，康原在詩中將「前進」
文學地標與〈前進〉融入詩中，必然是刻意。賴和以〈前進〉
控訴中國的遺棄與日本的暴虐，而今的康原，面臨的是另一個
國民黨政權的打壓，似乎「前進」之途，尚不能停歇與努力的
目標猶待追求，故而康原必須繼承賴和之志，為鄉親講述這段
不平事。且看本詩開端：

鄉親　對阮講和仔先
醫館頭前有一叢樹仔
定定歇一寡　菜販擔頭
討論著　物質匱乏生活歹過
講著收成欠缺日子歹度
感嘆賣身做奴隸前途盡誤

和仔先　鬩縫的時來插一跤
俗百姓佇天邊罵皇帝
講天　講地　講懸　講下

　　詩中的賴和經常在醫館前的樹下為鄉親「開講」，而數十年後的康原也寫著：

五年以後　另外一個執政者
移走　文學彰化的標頭
囥佇八卦山頂的大佛後
書卷的造型來　變形
設計者陳教授心情攏袂清
為參觀的人客　說分明
雖然　移去八卦山頂
成做　文學的路　添一景
地標　變成大佛的分靈
大樹跤　阮攏詳細講這段情

　　康原以當前的歷史後端，透過有形的「醫館外」的「樹下」為定位，強調賴和走出醫館，不落於診間，而是以明台灣人的眼，聰台灣人之耳為目的；再以〈前進〉為精神繫連，表示奮勇向前，同舟共濟以面對不公不義之阻力。這是「番薯園的日頭光」之總結，「前進」的精神就是賴和的「磺溪精神」；「前進」的當代意義就表現於康原所推動的「彰化學」。

　　十二、〈番薯園的日頭光〉：這是屬於本組詩的餘論，本

詩的象徵性極強，且經過康原的巧思安排，可以作為「輯一」後半段的開場。本詩以「番薯園」做二重象徵：第一層，以番薯園象徵台灣，一方面是形狀上的相似，一方面是精神上的象徵，台灣人繁衍於寶島，我們就像番薯般被視為低賤植物，但卻擁有無人可以忽視的生命力；第二層，將番薯園象徵為賴和紀念館，繁衍著賴和的磺溪精神，並由後人耕耘這塊「彰化學」的園地。

而「日頭光」可以分兩部分析論，第一部分為「日頭」，它是發光發熱的主體，所指的對象就是賴和，它的光照亮了彰化，更照亮了台灣；另一方面，所謂的「日頭光」當然就是賴和為黑暗中的台灣照出一條光明之途，他的光，指引了後代的台灣人在文學、文化與精神方面的自覺，更提供了後生勇於開創的、挑戰的力量。

康原在此巧妙的將〈番薯園的日頭光〉作為本輯後半段的開場，為之後所寫楊逵等八位繼承賴和精神的人物事蹟做了極佳的鋪陳。

《番薯園的日頭光》之詩歌藝術

康原在詩集《番薯園的日頭光》中，共分三輯，輯一〈番薯園的日頭〉中的〈1.番薯園的日頭光〉是康原在本詩中著力最深之處，他要為賴和的一生寫下詩傳，非但是創舉，更是壯舉。在屬於賴和詩傳的〈番薯園的日頭光〉之後，用詩歌刻劃了八位在賴和的「日頭光」照耀下，繼續「前進」，並繼承磺溪精神的人物，此舉不但突顯賴和精神，更肯定了賴和精神之不死。

輯二〈失蹤的月娘〉，就命名的對照而言，以「月娘」對

「日頭」本屬平常，但就康原詩作的選輯而言，是有其意味。賴和所屬的日治時期，台灣人飽受壓抑，所幸有賴和這顆「日頭」發出的光芒照耀我們的「番薯園」，所以，礦溪精神得以延續至今的彰化學成形。相對的，時間邁入現代，本應雨過天青，但卻不幸的進入另一個夜晚，更可悲的是，我們不但無法尋得像賴和般的日光，甚至於連暗夜中的月光也不可得了。

本輯的主體分兩部分：一部分就是批判失去月光之夜的不幸時代，如〈莿仔埤圳──為中科搶農水而作〉是為了中科二林園區對環境的破壞與農民生活的威脅而作；〈廟寺〉是批判宗教的過度世俗化與商業化，並以風月場所與之相對照；〈廣場〉很明顯的指向了台北的「自由廣場」，雖然原本的「大中至正」匾額已經卸下，但裡頭卻依然留有專制者的銅像與紀念堂，對於「自由廣場」四個字是極大的諷刺；〈媽祖魚〉以童謠的形式寫作，但其內在卻充滿台灣人愛鄉護土的決心，這當然與康原的創作背景與反對在彰化大城鄉設立「國光石化」有關。

本輯的另一部分屬於康原個人生活中的情境與感發，如〈小滿茶芳〉與〈小暑茶會〉以短詩的「小品」營造出充滿茶香與山野生活的情趣；〈甲子詩情〉與〈色彩〉則描寫隨著歲月的積累與人生經驗的豐厚，而產生對生活的深刻感悟；〈耍火的人──記台中夜店火災〉與〈失蹤的月娘〉都是寫災難，〈耍火的人──記台中夜店火災〉是針對造成九死十二傷的「阿拉」夜店火災而抒寫，但細看本詩，可以明顯看出詩中的夜店之災，僅為政府無能下的「顯性」災難，且詩題為「耍火的人」即為玩火者，而玩火自焚何嘗不是對政治人物的警告或控訴。後者則表現颱風過境且造成重大災難的中秋節，透過月亮的「失蹤」，暗示「團圓」之無望。筆者以為，若能將康原

的個人生活情境之抒發的作品獨立一輯則更佳，因爲如此則更能突顯「失蹤的月娘」之黑暗了。

輯三〈街頭巷尾的詩情〉：以親近彰化的角度，從歷史、美食、地景著筆，本單元的詩作筆調輕鬆、親切，宛似一位熱情的彰化鄉親爲親朋好友導覽、推銷彰化。本輯第一首〈彰化的歌〉是屬於「總論」的功能，有如一首濃縮版的「彰化發展史」，寫出了彰化的開發、地名由來、建置過程、景點、小吃、人文精神等。之後再依序寫出彰化的各種特色，但主要集中於小吃的部分，一方面小吃最能突顯地方產業、人文與文化特色；一方面就此以行銷彰化，吸引更多人認識彰化，走入彰化。

本書的主體與亮點在於「輯一」的賴和詩傳，康原以其對彰化的情懷、賴和的孺慕之情與深厚的文化修養及詩歌技巧，建構了多面向的賴和傳記，誠屬不易。其餘的部分則延續康原長期以來關懷、注重的議題：文化、社會、鄉土、政治等，雖然詩歌的主題不一，但文字的流暢、鄉土性與韻律感卻是依然保有康原一貫的風格。

筆者曾經在〈論康原的文學行銷策略〉說道：

康原以歌謠、俗諺證史是其寫作特色，但綜觀其作品，可以更大面向的發覺：康原的歌謠、俗諺經常刻意鑲嵌入文學作品之中，除了是修辭方面的引用之外，更大的目的是向讀者行銷鄉土歌謠、語言文化。比如在《詩情畫意彰化城》中，康原寫了一首〈門〉，最後一句為「拍斷

手骨顛倒勇」;[18] 在《野鳥與花蛤的故鄉——漢寶村的故事》，更是用了二十八則俗諺，十四首歌謠；而《人間典範全興總裁》[19] 則是「全書大量引用台灣諺語，既是吳聰其生命哲學的註腳，也是台灣鄉土智慧的運用」。[20]

康原以俗諺入詩已是眾所皆知之事，但在《番薯園的日頭光》中，他更大規模的加入俗諺，除了增進趣味性與親和力之外，更有保存、推廣老祖宗智慧之用意。康原詩中所寫的地方俗語，不但可以代表地方特色，更是地方文化特色的最佳寫照與宣傳，如前文的「儉腸捏肚壓死四福戶」（〈市仔尾的賴和醫館〉、〈更深夜靜的北門街〉）；寫到王功漁民的生活心酸時，則以當地俗諺：「鹹水潑面　有食無剩」（〈漁火節〉），生動描寫討海人面臨強勁的風夾帶著海水潑面，其苦可知，但所賺的錢卻僅止於餬口而已，剩餘、儲蓄則是奢望了。

另外，康原將多年來採集、應用俗諺的智慧再鎔鑄成新的詞語，使讀者從熟悉中讀出新意，如「伊做上帝　阮做伊的跤架」（〈走揣和仔先〉），本句俗語原作：「烏鶖是皇帝，麻雀是腳架。」本指烏鶖強悍的個性喜歡稱王，而弱小的麻雀只有當他人腳架的份，二者顯得強弱分明。但康原詩中將「伊做上帝」乃是提高賴和在他心目中的地位，也有暗示賴和的博愛與仁慈，而康原自願當他的腳架，表示願意追隨賴和的精神，以賴和的信徒自居；另外在〈色彩〉一詩中，康原寫道：「風頭倚乎在／免驚　風尾做風颱」，本句一般做：「樹頭倚

18　康原：《詩情畫意彰化城》（彰化：彰化市公所，2012年），頁20。
19　康原：《人間典範全興總裁》（台中：晨星出版有限公司，2007年）。
20　章綺霞：《追尋心靈原鄉——康原的鄉土書寫研究》（台中：晨星出版社，2010年），頁130。

乎在，不驚樹尾做風颱」，本詩主要表現康原中年以後的思想轉變與自覺，從早期國民黨政府洗腦式的教育下，他與一般人一樣是被「藍色」大海所包覆，他也不自覺的泅泳其中；中年後，歷經歲月的磨練與智慧的累積，他選則「綠色」的田園作為立身之所，也是立定腳跟的安身立命之依歸。但是這轉變必須面對外在的一波波衝擊，故用此句自勉勇於立定腳跟迎向挑戰。

再來談康原在詩中的形式技巧，可就「音樂性」、「雙關語」、「藏頭詩」三部分討論。

關於「音樂性」，康原的詩幾乎都可以入樂，真可謂「詩歌」，一般現代詩人不喜歡太多押韻，甚至於不押韻，但康原的詩用韻極密，非常適合配樂而唱，這應該與他長年寫作囡仔歌有密切關係，以下舉一首短詩〈碗粿〉為例：

來到彰化若無食
碗粿　心情臭焦兼著火
在來米　做碗粿　市場賣

三更半暝　阿母灶跤炊
阮陪阿母　炊碗粿
看冊　炊粿　省電火

詩中除了第一句外，「火」、「賣」、「炊」、「粿」、「火」等字以台語發音，都是協韻。

康原詩歌音樂性的另一個特色就是連續的短句，以呈現強烈的節奏感，有時甚至排列極為整齊，如〈市仔尾的賴和醫館〉：

一九四三年元月三十一日

彼工　狹心症予伊袂喘喟

無法度　姑不而將

放棄　台灣話文的創作

放棄　民主自由的追求

放棄　抵抗日本人凌治

放棄　搶救菜農秦得參

放棄　解救奴隸的奴隸

放棄　佮日本警察抗爭

放棄　世間的紛紛擾擾

凝心　是重病無藥醫

積憤　是折磨無了時

伊凝　世間失去了公理

伊凝　人間失去了正義

伊凝　是非是顛顛倒倒

伊凝　國建共和怎不成

　　連續十三句相同句法，這是一般現代詩人所避免的寫法，康原如此做，除了表現強烈的情緒以外，音樂的節奏感也是他所考量的。

　　另外，康原也擅用台語多音調的特色，以疊字的方式，呈現出閱讀時的多層音調，其中以三疊字最常見，以下分別以〈芋傘情〉和〈肉員〉為例：

芋仔葉　圓　圓圓

為阮　遮日頭

芋仔葉　青　青青
為阮　擋雨滴（〈芋傘情〉）

圓　圓圓的　肉員
飪　飪飪　好食款
粉粉粉的皮　包著
擔頭　三代人的生活經驗（〈肉員〉）

　　兩首詩分別以「圓　圓圓」、「青　青青」和「圓　圓
圓」、「飪　飪飪」的音調變化強化出形狀、顏色和觸感強烈
性，除了表現詩歌的摹寫技巧外，更能展現詩句的音樂性。

　　關於「雙關語」，康原詩中也常能巧妙運用，除了增加詩
歌的趣味性與暗示性外，也能藉以提供讀者在閱讀中的介入思
考。如〈甲子詩情〉「若無　大隻蜘蛛嘛吐無／詩」，以「詩」
和「絲」諧音雙關，構成了趣味性，但若深究，詩人寫詩何嘗不
像蜘蛛吐絲結網，層層布局？康原詩的雙關使用，除了諧音雙關
外，亦有詞意雙關的表現，以下就〈廟寺〉一詩為例：

汝是　台中市
上蓋婿的金錢廳
豹　虎　狼　彪　貓
暗時　陪五色人修
性

　　此處的修「性」，從前面詩句的鋪陳，其雙關意涵已昭然
若揭，讀來令人深感諷刺，卻也不禁莞爾。

　　關於「藏頭詩」，中文單音、獨體的特性，自古就經常為詩人作為遊戲、暗示之用的「藏頭詩」。康原的新詩中也常利用此特性寫作藏頭詩，將詩意做更深入、多元的表示。以下先以〈廟寺〉的前段為例：

阮是　中台灣
上蓋大間閣豪華的廟寺
惟　花花世界中
覺醒　適合日時養
心

　　詩中可排列出「阮上惟覺心」，就此五字，未見貶意，但若配合詩歌內容探究，則對宗教的過度世俗性就充滿的譏諷。又如〈爭〉這首詩：

鳥
為著
食　一尾魚
亡

人
為著
財　拼生拼
死

　　「鳥為食亡，人為財死」，是社會現實，也是自古以來逃脫不了的命運，一切的痛苦、甚至死亡，何嘗不是為了一個

「爭」字所執。本詩以藏頭詩的方式，展開了一句俗諺，並以這句俗諺爲詩歌的題目做註解，可謂安排巧妙。

最後，再談康原在「輯一」中以詩爲賴和立傳的寫作手法，最引人入勝，康原爲了展現「史」的特色而在寫作方面採取了新的策略。他在賴和詩傳的寫作部分，極力保留人、事、時的眞相與細節，對於詩而言，詳細的人、事、時紀錄是有其風險性；但康原在此部分（賴和詩傳）必然是爲了求其眞而冒犧牲藝術性的風險——事實上，康原的文學作品常冒此風險，筆者曾言：

> 康原的文字如口語，又像是一名說故事者，不厭其煩的做背景介紹，最後再帶入主題。比如在《野鳥與花蛤的故鄉——漢寶村的故事》中，爲了突顯漢寶村民護土抗爭的堅強意志，他花了兩頁多的篇幅，從百年來的河床變動，到日本撤退以後浮現的海埔地爭議，從土地番號、公文往來，以致於抗爭陳情的過程，都詳加紀錄。這種寫法，乍看似乎是浪費文字，但卻有史料保存的意義，對於未來子孫要了解歷史、介紹推銷鄉土，都是可貴的資料。[21]

康原爲了使賴和詩傳更接近歷史的眞相，以作爲將來「以詩證史」的文獻資料，竭盡所能的將明確的人、事、時詳加記錄，以下依序舉例說明。

人物的詳細紀錄：〈虎山巖到市仔尾〉：「搬到彰化市

21　曾金承：〈從《野鳥與花蛤的故鄉——漢寶村的故事》與《詩情畫意彰化城》談康原的文學行銷策略〉，發表於第六屆「古典與現代研討會」（高雄：文藻外語學院，2012.5.12），頁18。

仔尾／阿公賴知弄樓／老爸　賴天送做師公飼某子／留著兩條長長頭鬃尾的／賴和　十歲入漢學仙黃漢的冊房」，詳細記錄了賴和的祖父為賴知，父親為賴天送，漢學啟蒙老師為黃漢；〈市仔尾的賴和醫館〉：「一日　車伕陳水龍／看著先生娘面帶著憂愁／真是因仔歡喜過年／大人煩惱無錢的時／車伕自動出去收數」，這段車伕主動收帳之事引發了賴和的怒火，也因為陳水龍這個小角色的串場，使得賴和的仁心善舉更加深刻、生動；〈警察署裡的日記〉：「監中丁韻仙　學生豈有不良思想？」將鹿港名門閨秀丁韻仙寫入詩中，除了強化其真實性之外，也提供了賴和與丁韻仙這位奇女子的相關資料。

　　事情的詳細記錄以前述的〈警察署裡的日記〉為代表，另外如〈更深夜靜的北門街〉有以下記載：

賴和醫館　已經關門
市仔尾　佇陣陣冷風巾
深更夜靜　星嘛去睏
無閒規工的和仔先
真忝　入眠上夢矣
破病的患者　來敲門
個因賴燊講先的睏去囉
患者只好換別間病院
這件代誌　和仔先知影
真受氣　對賴燊講起
破病　無法度揀時間

三更半暝　醫生攏愛接受
自彼暗起　北門街賴和醫館

> 無分暝抑日　隨時看診醫病
> 和仔先　變成彰化媽祖
> 暝連日　照顧著彰化城的人

　　此事有其子賴燊爲證，並詳細交代前因後果，可謂眞實的史料，著實可鑑。

　　時間的詳細記錄：如〈走揣和仔先〉：「痛於昭和十八年一月三十一日」，於此詳述賴和逝世之日；又如〈賴和先生佮作家楊逵〉：

> 一九一九退出農民組織的
> 楊逵　認識著彰化的和仔先
> 展開的　台灣新文學的路
> 一九三四年和仔先指導
> 楊逵寫作　推薦到台灣新聞報

　　詳細記錄作家楊逵和賴和結交的時間點與往來時間紀錄，除了可以看出他們的關係之外，也提供了未來研究的便利性。

　　以上僅舉數例爲證，關於賴和詩傳中所寫入的詳細人、事、時之紀錄，尙有多例，礙於篇幅，難以一一列舉，但相信透過上述之例，亦可收見微知著之功。

結語：孤獨的嘗試之旅

　　康原的台語詩歌是極爲容易辨識的作品，他有個人的關注點、創作技巧與形式，更重要的是他有強烈的實用主義傾向。而這種實用主義，並非爲了名，更不是爲了利而作，而是爲了

傳承台灣的文化與精神。他不避俗，以求作品廣泛流傳，並藉以產生影響力；因為俗，所以康原的文筆風格是親切的，他像是一名鄉土文學、文化推銷員，以不厭其煩的文字耕耘、深植人心，雖不免顯得蕪雜，但也是這種親切的「叮嚀」產生潛移默化之效，帶給讀者感動與改變，並接受他的「文學行銷」模式。我想，康原的《番薯園的日頭光》這本台語詩集，在這方面已經做了最好的詮釋了。

國家圖書館出版品預行編目資料

番薯園的日頭光 / 康原著.--初版.--台中市：晨星，
　2013.11
　面；公分.－－（彰化學叢書；42）

　ISBN 978-986-177-744-3（平裝）

863.51　　　　　　　　　　　　　　102012857

彰化學叢書
042

番薯園的日頭光

作者	康　　原
插圖	李　桂　媚
台羅拼音	謝　金　色
主編	徐　惠　雅
排版	林　姿　秀
封面設計	王　志　峰
總策畫	林　明　德・康　　原
總策畫單位	彰化學叢書編輯委員會

創辦人	陳銘民
發行所	晨星出版有限公司
	台中市407工業區30路1號
	TEL：04-23595820　FAX：04-23597123
	E-mail：morning@morningstar.com.tw
	http：//www.morningstar.com.tw
	行政院新聞局局版台業字第2500號
法律顧問	甘龍強律師
初版	西元2013年11月6日
劃撥帳號	22326758（晨星出版有限公司）
讀者專線	04-23595819#230

印刷	上好印刷股份有限公司

定價 300 元
ISBN 978-986-177-744-3
Published by Morning Star Publishing Inc.
Printed in Taiwan

廣告回函
台灣中區郵政管理局
登記證第267號
免貼郵票

407
台中市工業區30路1號
晨星出版有限公司

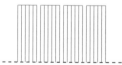

更方便的購書方式：

1　網站：http://www.morningstar.com.tw
2　郵政劃撥　帳號：22326758
　　　　　　戶名：晨星出版有限公司
　　請於通信欄中註明欲購買之書名及數量
3　電話訂購：如為大量團購可直接撥客服專線洽詢

◎ 如需詳細書目可上網查詢或來電索取。
◎ 客服專線：04-23595819#230　傳真：04-23597123
◎ 客戶信箱：service@morningstar.com.tw